旧巷里的箪食瓢饮

方淳 著

天津出版传媒集团
百花文艺出版社

图书在版编目（CIP）数据
旧巷里的箪食瓢饮 / 方淳著. -- 天津：百花文艺出版社，2025. 2. --ISBN 978-7-5306-8489-4
Ⅰ. I267
中国国家版本馆 CIP 数据核字第 2024GZ9105 号

旧巷里的箪食瓢饮
JIUXIANG LI DE DANSHI-PIAOYIN
方淳　著

出 版 人：薛印胜
选题策划：胡晓童　**责任编辑：**宋春悦
装帧设计：书香力扬
出版发行：百花文艺出版社
地址：天津市和平区西康路 35 号　**邮编：**300051
电话传真：+86-22-23332651（发行部）
+86-22-23332656（总编室）
+86-22-23332478（邮购部）
网址：http://www.baihuawenyi.com
印刷：四川科德彩色数码科技有限公司
开本：880 毫米×1230 毫米　1/32
字数：150 千字
印张：6.125
版次：2025 年 2 月第 1 版
印次：2025 年 2 月第 1 次印刷
定价：48.00 元

如有印装质量问题，请与四川科德彩色数码科技有限公司联系调换
地址：成都市郫都区成都现代工业港北片区港北二路 551 号
电话：（028）86965202　邮编：611700

目 录
CONTENTS

城南旧意 / 001
也说南宋 / 006
绝胜烟柳满皇都 / 010
光阴深藏的清巷 / 013
栏杆拍遍，城隍登临意 / 018
馒头山里的新天地 / 022
吴山街肆 / 025
马路的情绪 / 029
城南烟雨 / 034
南山的艺术味儿 / 037
吴山铺子里的酱肉腌鸡 / 051
杭州人的小日子 / 054
旧巷里的箪食瓢饮 / 058
汲一泓清泉 / 064
吴山，杭城小山眉 / 067
吃龙虾，俗世尘杂 / 070
出门去看莲 / 073
提鸟笼的人 / 076
四月，蔷薇如烟 / 078

清晨，鸟声剥啄 / 081
在香樟树下，晃荡 / 085
八月八，宝石山上听台风 / 089
水泥的诗性 / 092
坐成一朵莲 / 097
西湖香市 / 099
裙裾生香 / 102
环佩叮当 / 106
寻常日子里，老女人的歌 / 112
吃茶馆 / 122
风箱馄饨担 / 125
晏快边荡荡儿 / 128
杭州的船 / 140
杭州的餐厅 / 148
鼓楼有个箍桶匠 / 152
杭州的天气 / 156
木头西施 / 159
杭州姑娘么佬佬格美 / 162
从“轧闹猛”到“杭州泡泡” / 166
塔山重重 / 170
在九堡喝茶 / 173
偶 遇 / 177
一段杭州与丽江的美丽爱情 / 179
我的西湖记忆 / 182
檐下，雨未歇 / 185

城南旧意

早些年，住在杭州城郊，人们说起上城、下城，我总分不清楚。按照地图，北面为上，人们去北京，通常说“北上”，可打开杭州地图，上城分明在下城南边。也就是说，这座城市以南面为“上”。为了识记，我琢磨良久城区名称的来历。和历史对照着记，总不会错。杭州作为南宋都城，皇宫就在吴山脚下，吴山在杭州南边，“上城”，大概就是南宋皇上居住的城吧！

城南，尚保留着古朴沧桑的老建筑，与高大茂密的梧桐相依偎，一到秋天，斑驳枯离的梧桐叶卷着秋风在柏油马路上飘啊飘，脚踩在树叶上，窸窸窣窣响，梧桐树叶铺着的老街，确实与杭城古意的气质相对应。

任何物件，我总喜欢稍稍带着些年份的。就好像年岁逐增，渐渐地不再渴望去认识什么新人，人是老的好，物亦是老的好。老东西有感情，睹物思人，老熟人知根知底，叫人放心。城南街道老房子的暗褐屋顶，以及二十世纪七十年代楼房斑斑驳驳的墙面，都还竖在那里。早些年，抬望眼，空中都是拉拉杂杂绞在一起的电线，这几年，街巷整治，天空澄澈了不少。傍晚，碧蓝的天幕下，祥云朵朵，倏忽来去，清风扑面，惬意而美好。

我相信任何事物都带有气味。一座城市、一个地域与人，气质般配与否，气味相合与否，也是我素常深有的感触。

几个邻居老太，于二十世纪三十年代出生在城南，她们在贴沙河边生活了大半个世纪。“喏，这楼边上两米就是河，那时候，河还要宽，水也清，河对岸就是田，小时候火车经过，去对岸捡煤渣！”老太太说。另一个年近九十的老翁，谈起解放前，父亲“就在这一带开杂货店”，老翁是安徽人，大概卖茶叶、木炭之类的山货吧，这里离钱塘江的河埠头不远，江边除了抢潮头鱼的两岸村民，还有撑着竹筏与篷船的中上游山民！老翁隐约提过父亲曾在日本人手下做事，言辞闪烁，透露出老人饱经风霜的阅历。白云苍狗的岁月过去了，可依然能感受到艰难沧桑的历史落在具体的个人身上难以抹去的痕迹。

而今，就在这一带不远，胡庆余堂北面，德寿宫博物院建筑已经动土，都说吴山脚下就是南宋皇城所在，这一带的地名，“六部桥”“官衙巷”“严官巷”“察院前巷”“太庙巷”……无不透露出曾经浩荡而沉远的宫廷气息。说起杭州，人们都会想起“汴州”，“暖风熏得游人醉，直把杭州作汴州”，汴州就是开封。前几年，我第一次去开封，坐公交车去清明上河园，一看，别说，跟杭州的气质何其相似。这德寿宫的恢复再建，既让人为杭州作为六朝古都的历史而涌起自豪感，又让人为杭州是一个偏安之地而深深羞耻。北宋、南宋，都是中国封建史上的屈辱时代，尤其南宋，前后两朝皇帝兄弟被捉，史上再无如此惨烈的国家悲剧了。上城区的城标是一个方块字，看上去既像“南”，又像“宋”，只是半包围的框框有层叠的两个，里面套着的既像人民币的符号“￥”，又像“木”，我问过一个在上城区工作了几十年的老前辈，这是什么字，老前辈说“不认识”。

住到城南后，我的一颗心总算安定了下来。要在以前，住城东郊区，总盼望着进城一趟，可以看看西湖。城郊路远，倒公交车就得两三趟，往往兴致勃勃地上了车，绕过大半个城东，下车已觉得有些疲倦，意兴阑珊了。而进城，无非就是找家咖啡馆坐一坐，吃上两个菜，看一眼湖面，上画廊、展馆瞅瞅画展之类，这应该就是杭州城文艺青年的日常生活。到城南后，与西湖的距离大大缩短，只消走几步，这些生活轻而易举都能体味。刚住到城南的那几天，路过建国南路一带一家小吧，进去喝一盏咖啡，望着矮房子大玻璃窗外翠绿逼眼的青藤，小院木桌上的褐色雕花台灯，心里有一种油然而生的喜悦，做了记录：终于住到城南了，气质比较合。

到城南，我才发现，原来居住地脚下就是南宋皇都遗址。一天，当地有市民在社区墙上贴出一张告示，反对在墙外造居民楼，说是曾发现古海塘遗址。我想，城里居民的文化自觉就是不一样。沿墙根走到大街，穿过马路，就是南宋遗址陈列馆，不用买票，走到里面，脚下是大玻璃地面，玻璃底下就是挖掘出来的古城道路，站在玻璃地板上，真是“如履薄冰”哪！这陈列馆建筑低低的、长长的，像个窄盒子，匍匐在车水马龙的十字路口，低调而知趣，据说这就是当年皇宫东南门丽正门所在地。再宏大的皇宫，江山败了就是败了，灰头土脸，草草收场，只能在角落里做个小小的记号，算是对后人的一种示诫。

河坊街和鼓楼一带都是老店面，鳞次栉比，各种特色餐饮、风情小吃，各种穿戴衣饰、妆红香粉，价廉物美，琳琅满目。我偏爱一些老店面，其他地方再是找不着的了，譬如竹木器手作店，都是式样老旧而实用的物件，糕点印模、小蒸笼、蒲扇、蒲包……密密麻麻摆满了柜台，挂满了墙面。我曾买过一个洗脚桶，配中药，在家泡泡脚，觉得跟在郑远元洗脚店一般享受。还有弹棉花老店，要说被子、褥子之类，我还是喜欢传统的棉花，棉花制成的被胎，透气、厚实，也便宜，是最适合普通市民享用的生活必需品。还有桐乡一带盛产的丝绵，不掺一根人造丝，虽然昂贵得多，如今也卖到两千块一床，但和泰国的乳胶寝具相比，自然还是大众得很。夏盖丝冬备棉，是杭州人素常讲究的寝卧习惯。丝绵是真正的桑蚕丝，动物蛋白，棉花是真正的花卉果实，植物丝絮，不带一点刺激皮肤的化工品。每看到人家弹棉花，“噔，噔，噔”，就想起古人描写机杼劳作的诗句，“手之舞之，足之蹈之”。有时，几个妇女在社区里张罗着匀丝绵，我就静静站在边上，看几分钟，那些素常操持生活的年长女人，让人信任，她们朴素的容颜让人感到实在。这样的场景，在繁华奢丽的高档社区恐怕已销声匿迹了，然而，鼓楼一带的街市，却还能常看到，让人回忆起往昔年少的时光。

城南是杭州繁华地段，生意好极了，人来车往，要不是那几年闹疫情，吃饭都得排队，散步也熙熙攘攘。这种繁华是一种祥和自然的繁华，一种流淌在白开水似的老日子里的繁华，它不靓丽，也不耀眼，更不炫目。这种繁华让人舒心，让人安静，让人踏实。

踱到社区对面，恢宏气派的西式古典住宅里，是以杭城名角、越剧演员夏赛丽命名的赛丽美术馆，经常办一些低调而有水准的展览，譬如大画家曾宓、还未知名的海边画家张海虹，都曾在此处办展览。再一路向西，穿过严官巷一旁的山洞，一刻钟，就走到了西湖长桥。长桥边是省美术馆。

阳光晴好的下午，我拎一壶茶，一路踱过去，有什么看什么。一座城市是不能缺美术馆的，美术馆就像城市的首饰，少了它，会少了点气质。而暮气渐起的傍晚，看完展，坐在湖边林荫下的长椅上，眼望平静浩渺的湖水，觉得光阴荏苒，时间过得真快，眨眼间，天幕已黑，华灯初上了。我就这样在湖边静坐，寒气渐渐上了身，于是站起来，踱回家去。

也说南宋

老实说，我并不喜欢南宋。

我想，作为一个中国人，一个南方人，没有喜欢南宋的。

南宋的开端与衰亡，并不是什么好事，翻开书卷，只那么一小段文字，多少苍生埋没在里头。因此，虽然住到了城里边，我却并不对那些南宋陈列馆、南宋文化有多少兴趣。只是，作为一个杭州人，你绕不开南宋，不识南宋，你就不是杭州人，就不配做杭州人。

踱到南宋历史文化陈列馆，也就十来分钟。我却只去过一次。场馆不大，屋檐低小，匍匐在中河南路与严官巷外的马路交叉口，青砖红栏黑瓦。走进去，脚下便是南宋当年的街道，两边是砌筑街道与屋舍的地基。街道看上去并不很宽阔，至多也就像今天宽阔一点的弄堂。砖也不是青砖，更不是红砖，泛着点幽幽的绿意。

陈列馆建造在这里，因为此地就是当年皇宫建造地，西靠吴山，东临钱塘江，南至万松岭，北到鼓楼。陈列馆就在皇宫正南门边上，大内角上，玻璃底下大约就是巷弄的一角，所以不见得开阔。馆前车水马龙的中河南路及高架桥，当年便是崔巍峨峨的宫殿屋宇所在地。而东边的宫墙，大约在今天的胡庆余堂金钗袋巷一带，而城门则在江城路上。

今天，陈列馆外向北，是一溜儿的低矮商铺，卖水果的，炒货的，酱鸡酱鸭的，锅碗瓢盆，衣衫鞋子，小饭馆儿……林林总总。巷弄对面，靠近高架下面的地方，设了两个公交站台，搭了几间古色古香的建筑。商铺后面，就是密密挨挨的居民房子，白墙黑瓦，都是些老房，刷得白白的，拾掇得整整齐齐。

站在马路当口，抬头见高架，满耳朵的车马之声，已经完全不见当年的宫廷气象了。市井风情代替了大内深宫。历史的车轮滚滚向前，过去是皇宫地盘儿，曾经是杭城最好的地段，如今，填着的是满满当当的市井人家了。

杭州因为五代吴越、南宋而兴盛，杭州人，也因此而得益。此话不假，但我却从来没有因此而感觉自豪。毕竟，掳去一对落难的皇上兄弟，整个王朝被金兵追得滨江自保，对于南宋汉人的历史，实在不忍翻阅。偏安江南后，把持朝政者不思进取，宰杀良臣，最后，落个左丞相陆秀夫背着年仅八岁的皇帝跳海自尽的结局，愣地里让北方的金兵铁蹄践踏。从此，身居南宋之地的汉人，包括今天的浙人，更包括杭州人，即南人，沦为四等公民，成了受奴役和压迫的对象。

你说，这有什么可欣喜和骄傲的？

要我说，南宋历史文化陈列馆得以设置，其作用，固然一方面是为了展示一下那个时代的皇宫所在地，而其真正的用途，我以为，尤其对于汉人，说得刻薄一点，是对于长江南岸的人而言，更可作为警醒反思的反面教材。

一个王朝，辉煌北宋，经历五代十国的战乱，终于得到了王朝统一。可是，这个王朝一开局，就呈现出衰亡之兆。我想，幸好那是古代，兵器军事尚未像今天这样发达，一个人心隔肚皮的王朝，也得以持久绵亘了三个世纪，似乎也很难对两宋指指点点。但，看柏杨所著的史书，对于宋王朝的沦落，却自有一番说法，一言以蔽之，“人心隔肚皮”。开国皇帝赵匡胤用一杯酒，解除了当初一起征战起家的元老们的兵权，获得中央集权之后，还是不放心，开始了自创奇特的文人带兵制，用以提防地方强权脱离中央而导致割据分裂。当然，那是科技并不发达的年代，今天操练机器兵的可都是电脑秀才。

作为一个喜欢文学艺术的人，我确实也喜欢两宋时代，这并不矛盾。由于皇上对于文艺的尊重，文艺人才地位得到了空前提高，于是迎来了文学艺术全面繁荣的时代。我们在诗歌里看到苏东坡任情挥洒、纵横恣肆；看到辛弃疾捏着胡子，写出“沙场秋点兵”的诗句；看到陆游梦到了“铁马冰河”……人们想当然地以为这些完美的文章与诗句，都出自文人之手，其实不然。苏东坡写《赤壁赋》的时候，官衔是黄州团练副使，可是个货真价实的带兵的官。辛弃疾写诗歌是业余，他在山东莒县召集了一支军队起家，是个农民军起义领袖。陆游曾投身军旅，担任过幕僚，一度成为军人，写诗不是他的抱负，他惦念的是“但悲不见九州同”。文人带了兵，兵又学了文，于是豪放派词风得以开拓，尤其描写边塞景色的边塞诗人，充实了诗歌内容，丰富了文学流派。一个摇曳生姿、多姿多彩的文艺时代，在宋朝得以起始。

我喜欢南宋，只因为爱南宋的画院、曲艺、华服、瓷器，爱南宋的美好生活。从北宋到南宋，躲避兵火扰攘的路线，迈过饿殍遍布的田野，渡过淮河，渡过长江，饱受战火的子民们拖家带口，提箱携箧，一路南逃。看过宋徽宗的字，瘦金体，端的是刚劲秀丽，再看他的画，清丽雅致。他在文艺方面有如此逸妙的造诣，后来的皇上，再也望尘莫及。可，对于江山，对于泱泱华夏，纸上功夫对于一个守门人来说，毕竟不是正途，沙场需要征战杀伐的志士，需要谋略、忠诚和热血，需要像当年能够学习“胡服骑射”取人之长的王者与将才。

按照柏杨的看法，因人心相隔而实施的文人带兵制度，一个王朝的起家就缺乏凝心聚力，人心沦落和涣散，彼此之间的相忌与隔阂，是导致一个王朝趋向覆没的祸端。忠臣陆秀夫背着最后一任孩童皇帝于广东跳海自尽之后，江南人，岭南人，经历了近一百年的屈辱，经历汉人农民起义的征战挥戈，才又重新开启了汉人统治的大明时代。

说南宋，不能不提南宋的画院。北宋画家李唐一路向南，颠沛流离，最后进了南宋画院，其山水，也由北方的恢宏旷远变成了南方的柔丽润泽。怪不得鲁迅也不愿住在杭州，怕在金销窝里消磨了志气。“暖风熏得游人醉，直把杭州作汴州。”汴州就是汴梁，今天的开封，北宋的都城。杭州人当初就是从开封南逃而下的。自然，我也逛了包公祠，看了祠前的湖，确实没有西湖美，美丽的湖山催生艺术家，但也腐蚀了斗志。“重湖叠巘清嘉，有三秋桂子，十里荷花”，文人笔下矜夸而陶醉的一首词，传说激起了金人铁蹄征服之心。

作为一个杭州人，浙江人，江南人，站在南宋历史文化陈列馆前，实在不知道是什么滋味，我的脚也就很少往那儿去。

是啊，作为客居杭州的浙西人，本来，我是不想说，也不想谈南宋的。但谁都知道杭州是南宋的皇都。幸亏，今天，南宋皇宫所在地居住着的，依然是生生不息的华夏子民。黎民百姓，安居乐业，街肆繁华，山河依旧。

我想，好，那么不妨说说南宋吧！

绝胜烟柳满皇都

无论是烟花三月的江南，还是万里冰封的北国，在中国，随地都能看到柳树。柳树就是家门口的树，有水的地方就有柳，寻常，随意，容易繁殖。但从南看到北，我还是喜欢家门口的柳。

家门口就是贴沙河，两边都是柳树，不粗也不细，柳绿，水也绿。翻过江城路，踱到中河南路六部桥一带，河上有小小的石拱桥，两边也都是柳树，垂丝万绦，随风摇摆。

家门附近有柳树，总给人生生不息的印象。江南的柳树，一年到头，翠绿的时候居多，即使下了一场雪，叶落了，柳丝也黄了，我们也不怎么担心，一条条垂枝仍然挂在树上，上面落着几线儿雪，映衬着沉云灰白的天，仍然是美的。太阳出来，雪一会儿就消了踪影，再过两个月，三月来临，柳丝儿就不一样了，站近了，揪住一根细细地看，小凸粒子拱起来了，爆芽了哩！

柳树给人生生不息的印象，寻常人看得柳树贱，是随地易栽的树。五月，柳树冒烟花的季节，风一吹，将藏在花里的种子呼啦啦吹得满地里落，哪怕是遇上汪塘里的一眼水，这柳树的根儿也就爆出来了。去年，我在家门口养了一个水石盆景，就那么一小块假山石，巴掌点大的地方，一不留神，长起了两枝柳树，这柳树越长越高，快撑到屋檐了，想，好家伙，我捣鼓个盆景，居然招来了柳信子。我将那两枝柳树苗从假山石上拔下来，连着一层薄薄的苔藓和长长的根须，插在门口地里，想，过几年，门前就有一棵柳了，好！

北方的柳，跟南方的柳，还真不一样。北方黄土地的柳，跟其他树没什么不同，树枝都朝上长，意气扬扬；南方的柳，长了两尺长，枝条就垂下来了。黄土地的柳，因枝条都朝上长，树干就矮墩墩的，长不高，墩头处，枝条朝天空纵横肆意地喷射出去，有的却黑黢黢的，欠拾掇，很像流浪街头的莽汉顶着一蓬乱发。与那柳一对比，南方的柳便像家门口的柳似的，是有人拾掇的家树。

江南的水边爱种柳，因了柳与水一般的柔性。水波澹澹，长柳依依。古诗里的亭台楼榭多设在水边，要不就在一客雅致的船上，再不就在一对相恋的寻常男女、一客乌篷船边也不错，总之，就在水之畔、柳树下。男女来到了水边，舟楫将发，顿生恋恋之意，于是，送君远去，在楼榭里把盏言别的雅士，请了童子在门口折得一枝柳，相赠以别。这是春天送别的古礼，何其雅致，缘何要将柳枝送给将要远行的人呢？无非是柳易活，便于扦插，将柳枝插在水瓶里，会长出根须来，到了异乡，只消往土地上一插，逢着地气，它也就活了，见了它就像见到故人一样。

江南的柳，经过精心拾掇，寻常之树，却也见出高贵的形象与心性来，并非随风摇摆、布满灰尘的俗物。西湖边柳浪闻莺大门入口处，沿着中间的石径，于白石滩中升起一抹青烟似的柳林，枝枝斜曲而又挺拔俏丽，一枝枝，都经过修剪，倒像翠绿的竹子，只在高高的顶端垂下些碧绿丝绦，嫩绿的枝条于顶端散落、披垂，像书法中含着水的线条似的，就像拾掇得整齐洁净的巨大的装置艺术，颇富线条美。烟黑的枝干，柔曲苍劲；碧绿的枝条，潇洒精神；洁白的石滩，素洁无华。我走过一些地方，也见过不少柳树，可像柳浪闻莺这般美的柳树，再也未曾看见，的确名副其实。

六部桥一带，原是南宋衙门六部所在地，是官家衙门，对着六部桥朝西边去，凤凰山的山洞东边一带，叫官衙弄，听听，多上名堂的地方。也就是说，六部桥的柳，是真个儿的皇都柳。韩愈写柳树，“天街小雨润如酥，草色遥看近却无。最是一年春好处，绝胜烟柳满皇都。莫道官忙身老大，即无年少逐春心。凭君先到江头看，柳色如今深未深”。韩愈活在唐朝，他写的是长安的柳，而杭州，也曾是皇都，也盛产柳，除了西湖边看柳，像白居易一样，还能在白堤、苏堤、杨公堤看柳。因了住在城南的缘故，回家路上，车一到六部桥，满窗的绿扑进眼帘，我就想，这可是地地道道的皇城柳啊！

早上，坐公交车上班，穿过江城路，沿着彩霞岭社区的弄堂，走到六部桥的河水边，在柳树下穿梭而过，翻过滑溜溜的石拱桥，便是公交站。无论是生猛阔大的高架桥，还是簇簇新、模样精神的站台，都依附在皇都柳的一抹青烟里。走过春，再经夏，至秋冬，柳芽儿、柳叶儿、柳枝儿绵延成小小的峦，漾着底下碧绿的清波。

杭州，原是一座水城，湖与河通，七弯八拐，乘个小船哪儿都能去，跟威尼斯似的。后来，一些河道渐渐地填了，兴起了商业街，现代化都市的味道浓了。这是时代的变迁。就像今天，打六部桥走过，抬头一看，也鲜少有人觉得面对的是皇都柳。但，站在石拱桥上，想着底下就是曾经的护城河，穿过护城河，坐公交车去上班，满窗都是嫩绿的柳色，也是都市的一种艳享啊！

光阴深藏的清巷

走了许多次，才知道那条巷的名字，叫大井，大井巷。

也许从前巷子里有一口深井，住在周围的人都到井里汲水饮用。城南的井，分外多一些。这条巷子里，有“钱塘第一井”，跨过石门槛，就在院落里，再往里走，就庭院深深了。

大井巷是一条安静的巷。隔几米不远的西北边，就是人潮涌动的河坊街。这巷子可谓闹中取静，曲径蜿蜒。虽然巷子与河坊街接壤，可是，人流也像河流，河坊街流水汤汤，却并不影响大井巷的小溪淙淙。热闹嘈杂的都市，有个动中取静的地方不容易。素日里，一走到大井巷，朝它悠长空落处看一眼，就会心生欢喜。整天熙熙攘攘的河坊街，有时候也去挤，那是在家闷了多天，身上的皮肤都能嗅出寂寞的时候。

巷子里的路，石板是麻灰色的，大约修整的时间并不长，看上去还有些簇簇的新意。大井巷两边，是白墙褐楼黑瓦的建筑，瓦片屋顶勾勒出天际的轮廓。人走在深巷里，就像掉进隧道里，深，无声无息。深巷后面，是大门紧掩的庭院。推开门，热闹繁华也罢，清冷寂寞也罢，各有自己的章法与风韵。

才百来米的巷子两边，新开了不少铺面，卖棉麻衣服的，开书店的，咖啡馆、小酒吧、高档民宿、旧货铺、杂货铺、木雕佛像店、中药柜店、扇子店、字画店……都是一些有意思的店面，胡庆余堂的正门就隐在巷子的西头。

巷子里来往的人，不多，稀稀疏疏，恰到好处。巷子，白日里也寂静无声，风在巷子里走，在树梢上晃荡。穿过大井巷的多半是年轻人，衣着新鲜，前前后后，手拉着手。来旅行的老外，寄住在民宿里，透过玻璃橱窗，三三两两喝个小酒，看个书，发个呆。照相馆拍个性写真影集的摄影师带着俊男靓女，贴个门，倚个墙，反光绷子撑开在边上。临了傍晚，也有拉琴的阿炳，夫妻俩抱一把二胡，在巷子里来来回回地唱，可是，调门里听不出哀伤，那曲调有点嗲，有些卖弄，一个降调反反复复，用得颇得意，阿炳身后跟着他忠实的女人。走过的路人特意挨到身边把零钱掏出来，阿炳的脸上，有得意和尊严。

大井巷常常是绿的。麻砾石板路面，一到春夏，落了梅雨，就显出淡淡的苔痕来。巷子中间，靠近一家小咖啡馆，支起一棵不知名的树，像长到三十岁的女人，披下丰茂漆黑的发。树干，不粗也不细，开出一长串一长串的白花，垂着往下挂。店家在树下放一张小玻璃桌，桌上点一个烛台，置两把椅子。晚上散步到这里，我便要在椅子上坐会儿，看路人遛狗、小孩追逐，仰头看散乱在空中的花枝，撒落一身的花香。夜色不十分黯淡，路边有朦胧的灯的清光，这时候，我总要朝巷里的天空看，两边是新整修的老建筑，天狭长狭长的，像一块颜色清淡的蓝土布。

除了散步，我去大井巷，多是为了招待朋友。大井巷就像是客厅，是可以随意张罗展现给朋友看的地方，是将朋友和自己交给一个有意味的时间片段的地方。每当熟人要来杭州，吃个饭，喝个茶，我都说，那就大井巷吧！与朋友见面，通常是下午或者晚上。赴朋友的约，只能赶早，不能落迟。去那儿，找木楼阁窗边的小沙发坐下，望一眼窗外对面阁楼上的木纹窗花，想到陆游的诗：“小楼一夜听春雨，深巷明朝卖杏花。”卖花姑娘挽了竹篮，就坐在屋角的雨檐下。宋朝的姑娘，卖的是杏花；民国的姑娘，卖的是白兰花；今天的姑娘，开个小店，卖康乃馨，卖红玫瑰。

因为虚空和宁静，时间被拉长了，呈现出浅褐色的陈迹，仿佛一壶九曲红梅。将自己泡在巷子的阁楼里，我也成了眼前这一杯清凉的薄荷。室内墙上挂着画，不再油漆锃亮的桌面折射出亮光，拐角一面鼓，用来做装饰、堆放摆件，西边半开放包间的围屏是两架子书。空气是暗灰色的，光影错落，从窗边渐次向里蔓延。

巷子和桥一样，是适合遭遇爱情的地方。你仿佛就看到对面木楼上的窗户打开了，女人卷起了竹丝帘子，美人露出一头云鬓，英俊潇洒的男人恰巧就在这时候抬了头。或者，一个穿旗袍的女人，点了一根雪茄，倚在窗口看着你。深巷里的阁楼就是这么有意思，那些花棱木格后藏着美人、春花、铜镜、脂粉与闺怨故事。从巷子青石板上走过的，大多是撑着油纸伞，渴望见到一个含着幽怨的丁香姑娘的多情文人。戴望舒穿着长长的青布衣衫在眼前飘过，这个寂寞而潇洒的男人，在满墙盛开丁香花的大塔儿巷走过，希望逢着一个结着愁怨的、丁香一般的姑娘。许多回，我盯着巷里的女人看，一如戴望舒，寻觅着结着丁香愁怨的江南女人。郑愁予的马蹄就在清巷里嗒嗒穿过，躲藏在紧掩着的木门后的女子，吱的一声，悄悄打开了窗，多少起起伏伏的感情就在小巷与窗棂间发生。

这便是清巷。一条让人回味的巷子，它什么也不说，什么也不争，清寂，有故事，意味隽永。

巷与街不同，它的格调与姿态是半封闭的。敞开了胸怀的，叫街，叫马路，人人都可以走，可以挤，可以踏。巷不一样，它半开半合，是轻掩的木门，留了缝隙。巷的意味，在于人少，在于清静，在于寂寞。因为寂寞，它留情，它等待。它从不像街那样卖弄风骚，从不干迎来送往的事。它只默默地静处，它等在时光里，等你的发现，你的到来。它留着缝，希望您推开看一看，那里面满含无穷意味的风光与滋味。这种半开半合的姿态，像一个等待在春光里的少妇。如果大街是抛头露面的爽利妇人，那么，巷子就是等在深闺里的女人。

印象深刻的，是在巷子里看过一出戏。一家卖茶服的门店，门前搭一个四围的长廊，养了几丛荷花，几丛植物盆景。那夜，我拎着一壶茶从湖边散步经过，猛地瞥见这门口今非昔比的热闹，一瞅，原来是两个昆曲演员，那模样装扮真叫惊艳，春夜里灼然灿烂的一枝桃花、夏日里袅袅婷婷的一叶碧荷似的，在回廊里一步三踱地唱：

“良辰美景奈何天，赏心乐事谁家院？朝飞暮卷，云霞翠轩，雨丝风片，烟波画船。锦屏人忒看的这韶光贱！”

我还从没在巷子里看过昆戏。白先勇带着《牡丹亭》戏班子从美国来杭州，那也是在大剧院里看，距离远，演员的丰姿容貌、一颦一笑，看得不甚分明。而眼前这两个裙袂飘飘的丽人，面对回廊一侧草木披拂的山壁，似乎戏里的人物回到了古代的庭院，有明月，有清风，有美人，有寂寞情事哀婉流连。我爱看越剧，也爱听昆曲，昆曲的唱腔，那咿咿呀呀、一赞三叹、回环往复，吊在腔里的那口气，真是绵延了十万里才能道尽一曲衷肠似的，每每听得悬，似乎要掉下去了，未料，一个转折，它又高起来了，腾挪起伏。这时候，就替演员担心，生怕他唱得背过气去！挤在人堆里，一直将戏看尽，追进门店临时的化妆间，看这两个北京、上海戏剧学院请来的学生，卸了妆，将盘绕在黑发上的一支支金簪拔落，脸上的脂粉洗净，一看，呀，原来这杜丽娘是个俊俏的男生，竟比女人更风流俊丽！

大井巷与河坊街之间，有一块空阔地，布置着一个戏台，还没上演过什么。我散步去西湖，累了，就在石板场子上坐坐，看着空空的戏台，想象将来演员们咿咿呀呀的声音回荡在巷子里的情景，台下一定人潮涌动，像小时候看社戏。几个石礅布置在那儿，有时，溜到门店前，坐在竹椅上，跟店家攀谈，玉器啦，字画啦，生意啦，河坊街的生意，自然是好的。这一带的生意人，自与他处不同，仿佛卖玉器、卖字画，冲着的先是一股喜欢劲儿。也是，隔着两溜儿铺面，外面就是人山人海的河坊街了，但巷子里头的空阔处，月亮却还是孤清清的。

我是门外汉，聊天自然不能深入，有一搭没一搭，一会儿就呵欠连天了。望一眼月色，看一眼空落落的石板场，一路踱着步，回家。

栏杆拍遍，城隍登临意

此刻，吴山静穆，沉沉的夜色笼罩下来。

夜色似水，往深里，层层渍染。

站在“吴山天风”四个大字脚下，你远远地抬头看，吴山隆起，峭立于山石之上的城隍阁，在那高旷而森渺的天幕的映衬下，像巨幅的唐代青绿山水悬挂于天际。

江南名楼之一的城隍阁，此刻，举着四角尖儿，簇拥着中央翘起的檐殿，于一片辉煌中，灿烂瑰丽，明艳夺目。在这幅青绿山水中，只见那隐藏于山林的层层楼台，通透处显明黄，沉暗处见苍黄，古朴雅致，让人惊诧！

早春的空气，丝丝寒凉而干燥。你走近了，一路盘旋而上。楼阁在林木掩映中，恰若一幅幅剪影。苍黄古老的楼阁，像剪影的底，纵横散乱的枝，营造出不经意的纷乱之美。

夜色苍凉。你穿过大型花岗岩浮雕，拾级而上，左手就是城隍庙。城隍老爷，是守护城池的神明。你认真地看了看廊檐上题着的一副对联：“神灵愈显仁安义正恩敷浙水佑官民，庙貌重昭崇德报功威镇吴山扶社稷。”

城隍阁就在庙的西北端，正中的位置。一阁一庙，既可供人登高，又可应人祈求。登高则可遍览杭城全景，祈求能得神灵的恩垂与爱护。到了西湖，不登城隍，可比之于来中国而不登长城！

你抬头看，城隍阁，是一处重檐叠台的建筑。据说，兼顾了南宋和元代的风格。你立于阁下，抬头便看到一块大匾，上面是书法家沈鹏题写的“城隍阁”三个大字。

穿过厚重的阁门，向右一转，是一幅小型的雕塑《斗茶图》。斗茶，可以启智慧，净身心，育涵养，增气质。南宋，杭城流行斗茶，上至达官显贵，下迄黎民百姓，都喜欢参禅式的斗茶修行。

二楼与一楼连接成通透的整体。巨幅照壁上，雕刻着西湖民间故事和历史人物。梁祝共读、夜救裴生、断桥相会、济公背妇、虎跑涌泉、造塔保俶等，都是耳熟能详的杭州故事。林则徐、文天祥、阮元、陈端生、洪昇、张煌言等，都是如雷贯耳的历史人物。仿佛国画里的白描，线条干净简洁，人物生动有致。

展厅一侧，围着八仙桌，呈现的是普通杭州人家的生活画卷，中间一幅山水云石卷，两边悬挂徐渭的名联：“八百里湖山，知是何年图画；十万家灯火，尽归此处楼台。”

你的目光掠过三楼市民休闲饮茶处，直奔四楼，立于南北两侧挑出的汉白玉石阶上。向南望，远处的江湖汇观亭像一只玲珑的山雀，轻轻地停歇在山巅之上。苍茫的夜色中，星星点点的灯光，有的凝聚成团，有的星散成粒，幻化成流光溢彩的河流。缤纷妩媚、重重叠叠的绿，如大海的碧波，在脚下骀荡起伏。

沿着石阶，你信步而上，拍着栏杆，走到五楼西侧。放眼一望，广袤的西湖，此刻骤然幻化，成了赏心悦目的山水小品。左边，白日里崔嵬绵延的玉皇山，此刻，成了浓黑的礁石，俯卧在水边。右侧，横卧的宝石山影影绰绰。那轻柔的天际线在透着微白夜光的天空中，像一道微微渍染的墨痕。而浮于水面之上，灯光窈渺的轻柔丝带，则是苏堤，只有些朦胧的影子。

临水的雷峰塔，悄然置于南山绵延向湖水的边际，此刻，闪烁着熠熠的光辉。北边，与之对应的保俶塔，则像一根玲珑的玉笋，与水边山峦遥相对应。星星点点的灯光，勾勒出依山偎水的警幻迷离之仙境。

登临六楼，更是气象万千！纵眼向东北望去，这幅大手笔画卷，多么璀璨辉煌！一条火龙，从脚底延伸，向北逶迤而行；火龙两边，高高低低，满是错落有致的楼宇，纵横牵连，鳞次栉比，如满天繁星，闪耀着杭州这座美丽天城的繁华与瑰丽！

东面，两条并行的轨道，则像长桥飞架于一片斑斓的星河之上。城市东扩，沿江发展，向东，向东，向东！如临碣石，以观沧海！那排山倒海的气势，恰若这广袤无垠的灿烂星河，恰似“银河落九天”，开启了这座东方文化交流城市的新篇章！

夜登城隍阁，立于阁楼之顶，这座城市的制高点，放眼整座杭城，你的身影被拉长了，突然悲从中来，满眼是泪。此刻，你成了一个诗人：“前不见古人，后不见来者！”时代赋予了一代人孤独的使命，摸着石头过河，每一步都离不开艰辛探索，每一步都得小心翼翼！

一座城市，穿越千百年的雾岚，走到你的面前，你拿起笔，在这张大画卷上添了一笔。这一笔，何去何从，从哪里起笔，到哪里止落，决定着一座城市的前途与命运！

于是，你孤独了！

你的手，重若千钧！

你的臂，力拔山兮！

你吟诵着于谦的诗句：“粉身碎骨浑不怕，要留清白在人间！”你吟诵着苏东坡的诗句：“又恐琼楼玉宇，高处不胜寒！”你吟诵着文天祥的诗句：“人生自古谁无死，留取丹心照汗青！”

你露出了一个生动的笑脸，他们也是我们。

“春山澹冶而如笑……”

早春二月，西湖之夜，从城隍阁下来，走在山道上，朗然的月色里，你会心地笑了。

你回头一望，城隍阁跃然于吴山之上，在葱茏的草木映衬之下，就像一幅唐代青绿山水画卷！

馒头山里的新天地

去九溪打泉水，时常要经过馒头山。

馒头山，长得并不像馒头，只有点小坡度，沿着中河高架底下走，朝右拐弯，就上了山。

馒头山，就是一坡地。

大学毕业那会儿，同学谈恋爱，女朋友是萧山人，父母在馒头山盖了房子，置了一个三层楼的小别墅，那时想，萧山人真有福气，能在这儿占这么大一块地皮。那时，就觉得馒头山是个好地方，清静、幽僻，又在风景区，难得的地段儿。

但，那时候的馒头山，看上去稍稍有些杂。

等住到城南，往馒头山去的时候，猛然发现，这里竟然成了一处艺术群落。大约是一所美术中学建在这里的原因，吸引了玉皇山南艺术人群的入驻，昔日破破烂烂的房屋，渐渐拾掇干净了，年轻人的到来，给这里增添了不少别开生面的艺术气息。

我大概往那隐藏在茂林中的艺术天地去过三两次，诗情画意之外，的确稍显幽静了一些，来往者并不像什么生意人。高大的树木底下，躲着一家家小门面，有搞美术培训的，有搞文化传播的，有搞油画风格照片的照相馆的，门类繁多。店铺门口，摆些独特的造型，譬如一匹铁马或一个硕大的人脸，各种花草树木，意味缤纷。多半都是些小公司，也有作为艺术协会的活动场所，是既可以安静喝茶，又可以聊天休憩的地方。

我清晰记得一个买卖小植物的空间，除了室内装饰外，外面又搭了一个暖房，白石子地面，里面的植物随意疯长，自然而草莽。还有一家创意设计公司，门面处吊了秋千椅子，走进草花簇拥的空间，可以随意坐。

这么一个默默无闻、悄无声息的地方，居然集聚了这么多的艺术企业，为这个角落增添了许多艺术气息。

而更多次，我驱车经过馒头山。路西侧，本来破败低矮的建筑，也早已修葺齐整，出租给一些艺术家作为工作室。再过去一些，是一家欢喜茶馆、一个官窑传承人工作室，再就是一个小型的道教庙宇和南宋文化纪念馆。

馒头山蛰伏在城里旮旯，来往人不甚多，我选择这条路径，也是为图个清静。几家工作室，经常在这里搞义卖，譬如桐荫堂，女主人是利利落落王熙凤般的爽利性格，给这偏僻的清幽处增添了一丝响声。女主人这些年每年都义卖一批陶瓷、茶杯之类的物什，所得作为支援西部山区学校的经费，走东闯西，一看就是个爱热闹的主儿。

馒头山固有的老居民，都住在一幢幢并不高的两三层小楼里。这光景，似乎回到二十世纪六七十年代。岁月在馒头山的居民社区，是打了折的。这里是安静地儿，西湖之东南的僻静角落，似乎颇适合养老。老楼粉刷一新，楼前屋后的空余地面依然有砖块垒砌的花圃，里面种上几株月季、几株喇叭花，寻常得很，花草寂寂。这也是我喜欢去馒头山的因由，可在那里站上片刻，回忆一下往昔岁月。

馒头山就是这么个令人怀旧的地方。

馒头山听说原本也有寺庙，梵天寺，经历了元朝兵燹、太平天国重厄、抗战烽火，如今只保留了经幢，改成了一个幼儿园。梵天寺再往上走，上了凤凰山，有栖霞寺。我没去过。

馒头山，是杭城老市民的叫法，却也没什么馒头店，否则就吃上一个。

馒头山，好一处幽静、偏僻的地儿，走一走，可以寻觅到大自在。

吴山街肆

长住城南，看吴山脚下，常常丈二和尚摸不着头脑——热闹的地方，人挤人，水泄不通；冷清的地方，后跟叩地，听得到回响，看不到一个人。且，热闹处与冷清处相距不远，只两脚路。

想到这点，便常觉得，吴山街肆，同一地盘儿，热处热，冷处冷，着实令人忍俊不禁。

热闹的是河坊街、高银街，两条东西向绵延的路，和南北垂直的南宋御街交叉。节日里，我是不去这两条街的。街上人山人海，人声鼎沸，到处都是叫卖声、吆喝声。倘若在家闷得慌，也有走上街头的时候，夹在外来游客的队伍里，摩肩接踵，人潮涌动。人们到河坊街来，无非看看街面上不一样的老建筑，这些旧式洋房，经过修整，焕然一新。整一条南宋御街，两边都是老样儿的欧式建筑，端庄、厚重；河坊街和高银街上，则是旧式的中国建筑，白墙黑瓦之间，是暗褐的板壁小楼。有人说，建筑是城市的音乐，我却觉得，建筑就是城市的衣裳。南宋御街的衣裳洋气，是外国货；河坊街与高银街的衣裳怀旧，却不硬实。吴山这一带的建筑，明明白白写着杭州老底子的历史，在巷道里行走，恍若穿越时空，吸引着外地游客和年轻人。不来河坊街，杭城游就缺了一站。到杭州旅游，临上飞机前，得来河坊街带上杭州糕点、西湖藕粉、江南丝绸、龙井茶叶，不然回去怎么向家人交代？

与河坊街相隔一脚路，大井巷与打铜巷，却是两条稍稍冷清的巷子。大井巷在河坊街南，紧贴着吴山之脚。修复前，是低矮的破巷，整条巷灰秃秃的，高高的电线杆立在巷中央，白墙上头，陈旧的板棚东倒西歪。一个在大井巷开旧货店的女人，以前就在这条街上住，她跨坐在自行车上，后座带着儿子，在老巷道里，拍过一张黑白照片，背后就是灰蒙蒙的板房。如今，坑洼的柏油路面砌上了条石，开了一家家特色店面，有静心书店、东南亚工艺品店、日本柴犬宠物店、中药店、杂货店等，和几米开外的河坊街相比，游人少而稀。打铜巷则是一条短巷，就在御街西侧，与之平行，只五十来米长，两家茶室、一家旅店穿插在里头，挂着某协会招牌的门常锁着。走在巷子里，冷清得能听到鞋跟响。

街肆重要的是店面，有啥东西卖，决定一条街的生意和人气。河坊街的土特产，端的是花样繁多。河坊街上的卖家，大概有几百来户，从武大郎的烧饼，到龙井茶叶、湖北辣椒酱、本地甘蔗汁、西藏牛肉干、古法糖、欧洲糖茶、民国香粉胭脂、各种小创意艺术品、笔记本、西湖明信片、书籍、丝绸围巾、克什米尔地毯、长袍、北京老布鞋、各种旗袍、棉衣、王星记扇子、张小泉剪刀……不胜枚举，应有尽有。素日里，穿过河坊街，总会顺手采买一点零嘴儿、小礼物，满足吃用交际。譬如饮料店的甘蔗汁，看着榨汁机不断翻动，一根根长甘蔗刺溜溜地进去，汁水哗啦啦地出来，游客路过，都想尝一杯新鲜润肺的甜甘蔗汁。譬如茶叶，多的是龙井绿，也有九曲红梅，价格并不怎么高，都是游客能买得起的中档茶，绿茶寒，夏天喝，红茶暖，秋冬喝，也有从云南贵州等地专门做好贩过来的老普洱，一饼从一百到上万不等，满足各个层次的消费需求。街上有红糖卖，不是散装的一袋袋，而是焦黑的一块块，包装在牛皮纸里，看着入眼，含在嘴里，有浓浓的甘甜。也有商家推陈出新，将各种果干搅拌在一起，菠萝干、葡萄干、杏仁干等，再掺进各种香料，香甜软糯，有嚼头儿，是用来泡茶的，水果茶。御街上还有一家素食店，小小的春卷、馄饨、包子，做得晶莹可爱，价格中档，勤俭节约，店面装修得像个书斋，听说还有堂会戏看，别具一格的雅致。河坊街上卖的衣服，多是飘飘欲仙的霓裳和长款短款的布衣，不贵，买过几件袍子，都是布和棉，温暖厚实，是老街的风情。要说丝绸围巾、睡衣，几乎遍地都是，作为杭州特产，无论西湖边还是河坊街，卖丝绸的门店多了去，高、中、低档都有，满足游客的不同需求。夏日傍晚，街上常常站一大嫂，晚风中，身上的丝绸睡裤抖呀抖的，手里一把蒲扇，摇啊摇，嘴里叽叽呱呱，东家长西家短，末了还添一句，这丝绸睡裤就是“轻飘，凉快”！

高银街上则是满满的餐饮店。从杭帮菜，到川味、渝味、粤味，既有名店知味观，也有家常小馆，还有风味小吃，看客人的需要。家有客人，往高银街上一坐，招待着吃上一顿，是城南居民素常的待客之道。

大约是教书多年的缘故，喜欢热闹的时候少，更多时候，喜欢打铜巷里冷冷清清的自在。两家茶馆，就立在巷的南头，装修得古色古香而略带粗朴，单个的客人来访，就约在小茶馆，一边看窗外的雨潇潇簌簌，一边品尝清茶一杯，叙叙旧，套个暖。

街肆中心，大井巷与河坊街之间，有一个戏场，前面是条石砌成的宽阔戏台，空空落落，尚未演过一场戏，可惜了这么好的场地。我想，有一天，月上柳梢头，肯定会在这里看戏，端个小椅子，沏上一杯茶，朗月底下，清风怀里，十块、二十块的门票，听越剧，赏昆曲，绍兴莲花落、睦剧、楼塔班子戏等，各种浙派小剧种轮着上，那一定很热闹吧！

马路的情绪

搬到江城路，我才第一次仔细审视这条马路。

一般来说，我对马路有着一种难以言说的情绪。马路，就像铁轨，是一个通向远方的诗意存在。正因为马路具有引发人无限想象的意象内涵，围绕马路，我们生产出了许多文艺作品，譬如歌曲《马路天使》，譬如公路电影。

我的意思是说，马路很重要，是有关心灵的现代化人类建设痕迹。

站在马路一头，目光伸向远处，我们总会产生一种将身体带向远方的意绪。当抬头看林荫遮蔽的浓绿枝丫，我忽然会想到某些电影片段，或者经典文学桥段。如《魂断蓝桥》的结尾，车从桥那一边的马路开过来，费雯丽睁大了眼睛，灯光照射着她的脸；如《末路狂花》，公路通向万丈深渊、悬崖峭壁，载着两个女人的车笔直向前；如陈启佑的小小说《蝴蝶》，那个拿着“我”写给母亲的信、下个月准备结婚的准新娘樱子，穿过马路走向对面的邮筒，车过来，雨伞掀翻在地，新娘永远地活在了“我”的心里，在雨幕之下湿淋淋的柏油马路上，她轻轻一纵，像一只蝴蝶……

马路是一个太丰富的意象，以至于走在马路上，我总是东看西瞧。

江城路是一条令我满意的马路。在我看来，马路是否存在诗意，与它的宽阔程度、路面崭新程度没什么关系。我不太在意马路宽不宽、新不新。一条令人感到满意的马路，必须有一个好名字。如今城市面积不断拓展，纵横的马路一条接一条诞生，就像息壤一样变幻万千。但不少马路却没有什么好名字。有的马路向欧洲各国、美国等西方国家学，一号大街，二号大街，三号、四号、五号……呵呵，令人忍俊不禁。这令我想起一些传统地名，譬如丽水、安吉、桐庐、兰溪、淳安……都是浙江的。我生活在浙江。每当我念到这些地名，我由衷地感到一种诗意和优雅，人尚未到达，就会由地名产生翩翩联想，令我满怀一种美好的向往。我想，古人对于一个地名的拟定，一定颇费思量，既要表达对该地的希冀与祝愿，又要能表现当地的山川地貌特色，还要文质彬彬，引发美好遐思。

地名，本身就是地域文化的表达和体现，一个地名一旦形成，就会有延续性，它延续的不只是一个名字，更是延续了一个地域的历史文化。中国是有着如此悠久丰厚历史文化的国家，从汪洋恣肆的美文和卷帙浩繁的典籍中挑选几个字作为地名，也不是颇为困难的事吧！

一搬到江城路，我就产生了安家的依恋感。江城，从字面看，有水有土，是一个能安营扎寨的地方，寄托了古人美好的希冀。从地域看，这里毗邻钱塘江，又是杭州这座城市繁华热闹的去处，还是古代南宋皇宫的所在地。“江城”，临江建城，背靠吴山，是山南水北所在，这样的地方据地势之要，易守难攻，适合人烟生聚。穿越江城路，一想到“江城”二字，顿时产生“安土重迁”的依附感。

你好，江城，我来了！

一提到“江城”，我还联想到词牌名“江城子”。能列为词牌名，多少说明古人对“江城”二字的看重。可以说，古代的城市一般都依山傍水而建，江，既是一城人的生活源泉，又是城市的守护之神。一来到江城路，我马上想起了苏东坡，作为两度在杭州做郡守的文学家、词人、书法家、美食家，苏东坡与杭州有着千丝万缕的联系。苏东坡喜欢用“江城子”的词牌名作词，他也很喜欢“江城”二字吧？作为一方郡守，对这两个字自然没有不看重的道理。“江城子”词牌名的由来，据说最早取自五代十国中蜀国词人欧阳炯的词句：“晚日金陵岸草平，落霞明，水无情。六代繁华，暗逐逝波声。空有姑苏台上月，如西子镜，照江城。”这江城，指的是长江和金陵。九百多年前的苏东坡，有一天逛到了离江城路不远的凤凰山下，随口就吟出了一首《江城子》：“凤凰山下雨初晴，水风清，晚霞明。一朵芙蕖，开过尚盈盈。何处飞来双白鹭，如有意，慕娉婷。”

差不多每一天，我都在江城路上散步。找小馆子吃面，吃馄饨，去水果店买哈密瓜、西瓜，去早餐店喝一碗稀粥，吃一个烤得喷香的豆角饼，偶尔，也去泡脚店躺一躺。只几米宽的马路，两面是鳞次栉比的店铺，生活方便，吃喝拉撒，各种需求都能满足。按照生意人开店的经验，马路不能太宽阔，否则不能集聚人气。江城路的宽度恰到好处。站在江城路上，一眼能望到的是人烟市集，过日子的一应所需，都摆在街面上了。让人觉得，走在街上，就像在家。你在街上吃，在街上逛，在街上与碰到的邻居谈天，在街上听大伯大妈议论时事，你的闲暇时间消磨在这条大街上，街，就是你生活的日常。

然而，江城路能令人产生美的联想的是枝丫参天的梧桐。车在路上走，就像钻进一个绿荫笼罩的洞窟，每当车一拐弯，进了江城路，绿荫仿佛透过车窗车顶倾洒到身上，使人顿时感到阵阵清凉和惬意。这些梧桐，不知道是什么年代种下的，我想至少需要五十多年，才能长成这么茂盛参天的样子。路，必须有树的呵护，树是路的生灵，是路的守护神。一条缺少树做伴的路，就像一个衣不蔽体的人，让人感觉凄凉。

江城路，因为老梧桐而给人沧桑感，这正是我喜欢和看重的意味。一条路，和一幢建筑、一座城市有着相同的意趣，你是否能从中敏锐地觉察出时间的沉淀，一种难以言说的情绪，需要这条路的各种元素集体呈现出相同的气味。我所欣喜的是，江城路正是这样一条有气味的马路。虽然它不长，你双手插在裤袋，慢慢地踱，两小时也就踱完了，但你在这条路上能嗅到一种时间沉淀的气味，它弥足珍贵。你踱在路上，放眼两边高高低低的水泥楼，它们斑驳陆离，无声无息。它们跟你说，你这五十年人生，它们遭遇过，在风风雨雨里走过，它们是你的同龄人，是这一段岁月的见证者。它们连带这些参天的梧桐树，都和你生逢在同一个时代。此刻，这些房屋和大树，就好像活了过来，它们都能与你说上话。你走在街上，穿过马路，就像回家看到父母，他们用一双慈祥的眼睛接受你，欢迎你。你对这条街，马上产生了难以言说的可以依偎其间的亲近感。

江城路的一头是火车站。每当人家问我住哪儿，我就说老火车站，加一个“老”字，是针对新火车站而言的。我们都知道城东造了号称“亚洲第一”的新东站枢纽，可以享受到现代化城市的舒适与便捷。但我也庆幸老火车站没有因此而被拆毁，我曾清晰地记得自己当年坐着板凳电车来这儿赶火车的匆忙情景。那种每开半小时就得靠站停一停的绿皮火车，曾经牵引我们年轻的心奔向远方，曾经引发多少对未来的希冀与向往。

火车站是一座城市的窗口，人们来来往往，在这座城市进进出出，如同潮汐。我不知道杭州的老火车站建造于哪一年，但每当从它身边经过，感觉它就像一个安详的父亲，上了一定的年纪，沉默而端厚。大半个世纪过去了，它还在那里，用一双眼睛默默关注着这个城市，这种感觉，令人踏实。听说有的城市老火车站建筑被拆毁了，而江城路的头上，老火车站依然憨厚地蹲在那里，你想去哪儿，上个车也方便。这也是江城路讨人喜欢的原因之一。

江城路路面的沥青颜色已经不怎么分明了，有的地方补了又补。相较于大动干戈重新翻建一条马路，或者完全改变它的旧有面貌，我还是比较喜欢这种修修补补。一条带着修补坑面的马路，就像一件穿久了的裤子，破了的地方打几个补丁，不碍事，只要干净就好，折射出来的却是一座城市的节约精神。

关于路面，我想起了建筑大师王澍在《造房子》里创造的一个词语——“露水泥”，深有同感，引发共鸣。什么叫露水泥？就是水泥路面风化了，看上去露出水泥质地的底，沙子是沙子，石子是石子。这种露水泥地面和墙面，曾经到处都是。为什么露水泥好看，无非是有点沧桑、有点时间感在里头。不带一点斑痕的崭新的水泥路面，无论宽阔还是狭窄，都给人生硬感，你的鞋底在上面踩不出痕迹。生硬感曾经是城市的表情和弊病。人们曾把城市叫作水泥森林，我想，无非就是表达对城市生硬感的厌倦。一座表情生硬的城市，是一座怀着拒绝态度的城市。人们在此扎根困难，也就不会喜欢它。露水泥消磨了水泥的生硬，它是温暖的、散发怀旧情绪的。一条经修修补补、带着补丁的马路，是一个等待在风雨里的主人，它历经风雨，度过岁月，邀请你，敞开胸怀给你看。

这就是一条马路的情绪。江城路就是这么一条给人丰富情绪的马路。

城南烟雨

人家说，杭州已经落了一个月的雨，天都要发霉了。

我从北国看完了雪，回来，躺在床上，早上睁开眼睛，看看外面的天气，听一听雨声，觉得蛮好。

从前，人们从四面八方来到杭州看西湖，通常说，晴西湖不如雨西湖，烟雨迷离中看西湖，最是好。雨天的西湖，天是灰白的，迷迷蒙蒙的淡淡的烟云，飘浮在空中。

三月里，雨细细的，没有声音。人站在家门口，看着眼前枝丫尚且发黑的树，淡淡地，会升起点愁绪，什么愁呢？人生不如意十之八九，经过雨天一渲染，总是叫人萌生出一点淡淡愁绪的。

城南的烟雨，像人的情绪，晴日里高高兴兴，雨天中蒙着一丝淡淡的愁。

三月，城南的烟雨就迷离在白墙黑瓦的屋顶，在吴山山腰里徘徊，在小巷上空游走。把整个江南放在烟雨里看，江南就是湿亮润滑的，就是苍凉着烟雨气息的，就是国画里的小写意。

以前的江南，多黑瓦，雨水沿着瓦檐，滴滴答答地落。如今，城南也多高楼大厦了，水泥建筑矗立在烟雨里，也有一种潇潇的寒意。再过一个月，柳梢就要蹦出黄芽了，烟雨迷离里，柳枝儿摇啊摇啊摇，灰秃秃的楼，也生生地粘上了苔藓似的，有了一层绿意。雨点从屋顶落下来，楼房的墙面都湿答答的，也有了一点隐隐的绿的痕迹。

烟雨里，站在家门口看对面的楼，就觉得雨天的楼，跟晴天的楼，是不同的。雨天的楼静穆、憨厚，温润在湿乎乎的风雨里，无声又无息。烟雨里，楼跟人一样，静默地想着自家的心思。

烟雨里，有意思的是脚下的路。最喜欢的是石板路，吴山广场边的街肆，都是条石铺成的，清静一些的打铜巷，热猛一些的河坊街，都是如此。石板路不是青色，而是麻灰色，也一样好看，滑溜溜、湿漉漉的。雨水连着鞋底，并不粘脚。烟雨里的柏油路，显得更黑了，然而到底有些旧了，灰秃秃的，汽车走过，带过一团水汽，马路却更见干净了。

江南烟雨中，树是绿的，楼是绿的，路是绿的，人也都要发绿了。

烟雨里，最好的是没有声音，一切都是沉默的、静穆的。人在烟雨里走，穿着长长的风衣，或潇洒，或佝偻，或飘逸。闲人点了一支烟在嘴上，手里拎了一点菜肉，避在檐下，慢慢地走。忙人骑着个电瓶车，丁零丁零……这点沉默便被打破了。

撑一把伞，在烟雨里走，身上稍稍感到些许寒意，北方人也有不能适应江南这种湿潮的，寒气沁入衣衫，直透脊背。江南人兀自在风雨里走，回家吹吹电吹风，也就干了，不觉得难受。

撑一把伞，在烟雨里过街，是有些揪人的。雨潇潇地下，不大，却寒，可是红灯就一直睁着眼，你盯着那灯看，它就是不绿起来。车在面前呼啦啦地走，一会儿横向直直地走，一会儿转着弯，在你面前一道弧线似的侧过……哎呀，它就是走不完。

雨天里，搁在以前，江南人家就升起个炭火盆烤火，如今嫌火盆烧炭不卫生，多用电。我就抱了个暖茶壶，窝在被子里，下面是电热毯。再打开空调，除除湿气。雨天喝茶，就显得太孤清了，雨天，尤其是春秋的雨天，还是喝点咖啡暖暖身的好，杯上洋溢着暖气，眼望着窗外，听雨一丝丝地润泽起来，这便是烟雨天的享受了！

南山的艺术味儿

南山不是山，是湖边的路，南山路。

素常，我去南山路并不多。虽然，“南山”二字，在古诗里常常出现，能引发人的翩翩想象。“秩秩斯干，悠悠南山”“采菊东篱下，悠然见南山”。南山的意蕴，大抵悠闲而散淡。

北山路、南山路都是我所爱，但都不常去，两条路的风貌毕竟不同。北山，清静、爽利一些，连着宝石山、葛岭，在高大的法国梧桐底下，从湖边穿行而过，总能领略些许氤氲的春韵和萧萧的秋意。南山，却热闹许多，往年，这里一度酒吧聚集，是城里的小资白领休闲寻趣的地方。而后，酒吧潮歇了，碧绿丛林中，镶嵌三两家咖啡馆、餐厅，游湖的人走得乏了，进去坐坐，三五个好友，吃顿饭，聊聊天，是人们休憩赏湖的去处。

以前，住得远，南山路是很少来的地方。一到南山路，立即让人觉着贵气，是看阔人们打发时间、邀约欢歌的场所，一顿牛排，少说两百，贵则八九百。我去南山路，是为了看看画展，毕竟美院和美术馆都在这一块儿，因了这“两美”，南山路洋溢着艺术气息，大小展馆、艺术沙龙都聚集在这儿。可以说，我去往南山，只为了嗅一嗅杭城的艺术味儿。

美院的画展，一般一年至少看两次，一次在南山校区的通道上，学生将自己的作品零零散散地摆放，各种作品都有，除了画，还有一些摆件。另一次就是看学生毕业作品展，在学校的大展厅里，看了数次，学生的作品，贵在思维活跃，不落窠臼。毕竟学生年轻，想法多，创意多，敢于表现，敢于张扬。学生就该这样，不然，谈何艺术？

美术馆就显得庄重许多，不光展出名家作品，也举办大型艺术活动，彰显格调与品位。一天，踱到展馆里，一支提琴乐队拉着《花样年华》，这首梅林茂的老歌，真称得上经典，探戈舞曲，深沉、激烈、坦荡，层层铺排，情意绵绵，以至于展出了什么画，倒真忘了。印象深刻的，倒有许多，敦煌的飞天、陆抑非的牡丹、陈振濂的书法、刘墉的月亮……印象最深的是王子云的《杭州小雨》《江干》等，是1930年的小油画。王子云穿得西装笔挺，留学法国还去裸体咖啡馆里画裸体女人，临到年老，成为人民艺术家了，穿着老旧中山装，戴着老旧军帽。

一日，张罗活动，我将地址定在南山路美术馆对面的牛排馆，我想，在湖边享用完牛排，喝点咖啡，可以到对面看展。那个午后，难得的闲暇，我撑着一把雨伞，走到法国梧桐遮蔽了天空的街对面，正在举行的是美院潘教授的师生作品展。门口介绍处，院长亲自写了古雅隽永的前言。一幅幅作品，那么清新怡人、干净洗练，而又生动逼真、精细于发微。我在仙人掌类的植物粉画前驻足良久，那些绿色刺柱上的花朵，如此美丽馨香，盛放在沉默空旷的展馆里，那长在厚厚植物肉身上的尖刺梢末，甚至能让人感受到半透明的坚硬蜡质。粉棒，是这样一种神奇的绘画工具。潘教授，站在展览画幅前，头发全白，顶一个鸭舌帽，穿一件陈旧黄褐色的两用夹克，套一条灰色阔腿裤，斜挎一个老帆布包，八十多岁，就像街上样貌普通的大爷。画展结束，他竟和我坐同一辆公交车，我们同在采荷站下车，而后挥手告别。多年后，他的一个学生告诉我他去世的消息，我翻出那日与他的合影，想，时光是最不能挽留的。又过了些时日，我过上了无所事事的生活，想着自学绘画，于是翻出曾经购买的一大堆尚未拆封的碟片，打开一张十七八年前买的碟，放进读碟机，突然，五十多岁的潘教授风度翩翩地出现在屏幕上，他那么年轻，穿西服，打领带，头发漆黑，语调平实而低沉，讲解各种水粉工具的用法，一时间，我差点流出眼泪。

这“两美”之外，还有许多小型展馆，大抵是私人开的，也是最爱的去处。“恒庐”的人气旺一些，搞美术的人喜欢去，也有售卖国画的西湖国画馆、潘天寿艺术馆，都在南山书店附近。南山书店的书，都很有意思，除了艺术类，还有不少建筑、哲学类的书。也曾赶去不远的唐云艺术馆，看文人画家云集的展览。附近的四宜路，也聚集着几家，延安南路有一家三尚当代艺术馆，一个半地下室，却是当地艺术家汇聚之地，不少美院教授曾在这里举行艺术活动。从南山路绵延向玉皇路，伫立着丝绸博物馆、晓风书屋，经常有售书签名活动。这便是南山路的艺术味儿。

总以为，一座诗意缱绻的城市，离不开艺术的滋养。弥足珍贵的地段，山水相接，曲径环绕，端的是风姿绰约。然，天底下山水宜人之处自然不少，住在杭州的人却对吴山与西湖相接之处的南山情有独钟，大抵是因了南山的意趣。

早些年，若去西湖，便要进字画店看一看，卖字画的店面并不很多，因了对字画的天生喜欢，竟萌生过要做一个售卖员的愿望，期望有一天站在店里，面对西湖，将这些国画书法艺术品介绍推荐给外来的游客。然，诸事烦琐，竟未能成。于是，有空闲和心情，便倒几路公交车，一直摇到湖边，一家家地走，一幅幅地看。从二十来岁就在湖边踱着，到今儿快三十年过去了，踱来踱去，在步履相随、匆匆而逝的光阴中，有的画家竟成了名家，原本一公尺八百元的画，如今飙升到几十万，真是望画兴叹！料知买不起，只好多来走。自然，一成了名家，仿作就多，难辨真假。艺术坊间的传闻，也成了杭城市民的谈资。

与南山路平行的，有劳动路。因了南山路艺术之风的浸染，也开了几家字画店、玉器店、砂壶店。一角盘踞着的收藏品市场，也去转悠过几次，买了一把壶、一个茶台。看看名家的画作，在湖边溜达溜达，喝喝茶，听雅人们聊聊天，我的南山生活，大抵如此。

早些时候，六公园一带，尚有外文书店、三联书店，边上建了一个小广场，上面矗立一只美人凤，作为杭城的雕塑城标。高昂娟秀的美人凤，一度引起热议，报纸上反复刊登各方的辩论。支持的人说，美人凤是杭州的象征，马上就有人反对，说造价太高，雕塑风格太写实，落了俗套……总之，众说纷纭。后来便撤去了。那年月，西湖流行过一阵雕塑热，南边儿的太子公园，北边儿的孤山北麓，都置放着各种意味的雕塑，从朴素的、具象的，到抽象的、当代的。面前有个雕塑，能引发人的思考与想象。有雕塑，就有故事，有意味，这种对于艺术兼收并蓄、包容开放的姿态，总比一味地对着单调的草地树林要有意思些。

雕塑热过去之后，便来了音乐喷泉。傍晚，带孩子去踩水，孩子们在如注的喷泉中你追我逐。湖边开了一家以个人名字命名的张铭音乐馆，在馆里听过一个讲座，说的是佛家音乐。讲座结束，买了碟片回家慢慢放，“春有百花秋有月，夏有凉风冬有雪。若无闲事挂心头，便是人间好时节”，那带着哲思的乐音，仿佛从渺杳时空传来，滤去生活的繁杂艰辛，将灵魂带到莲花盛开的远方。保俶塔下，“纯真年代”开放了，一如盛传的成都“白夜酒吧”，成了文艺青年聚会的场所。有一年，我带孩子在那里过除夕，除了遇到一些文学圈里的人，欣赏到赠送的诗集，还看到了大学著名的宝石流霞剧社黄先生的朗诵表演——《今夜，我在德令哈》。

西湖边，公园里也造起了大水法，一时就像来到希腊雅典，展示的是水的造型艺术。如今讲究艺术的东方回归，大家在苏州园林里边儿寻找水的姿态与痕迹，审美潮流的回归，大家说与民族自信有关。也是，地球成为村庄，越来越多的人出门看过之后，大抵发现自家的东西也有珍贵之处！中国园林确实意蕴丰富、方法独到，但植物色彩搭配与树枝造型的修剪，将自然造化的山水，如山水画一般精心拾掇，还需要花功夫哩！

一个夏夜，我在人潮熙攘的湖边草坪找了个空座儿，为的是看林怀民的舞蹈《青蛇》。报道上说，舞者都从高山上修炼下来，带着一股清静之气，简素利落，虽是东方舞蹈，却很有当代性，与越剧《白蛇传》的格调远远不同。同一片草地，也去赶过西湖音乐节的热闹，看一拨青春少女，穿着热辣艳丽的裙子，脖子上套花环，大跳夏威夷舞。那是热烈的季节，空气里洋溢着青春的气息。

前年，南山路的树枝挂满了珠光，一株株梧桐，就像落满了雪，真是火树银花。这令我想起孩提时从浙西山乡第一次来杭州，在武林门省展览馆附近下长途车，看着展览馆下一长串五颜六色的灯泡，以为到了天安门！前几年终于去看埃菲尔铁塔，傍晚，在铁塔下等了一个多小时，才终于得见传说中的“火龙”，原来，也是铁塔上镶了珠光。而今，南山路上也可以领略到这“火树银花不夜天”了！

天　空

打铜巷

柳丝风片

城隍阁

鼓　楼

江城路

老墙门

大马弄

义　井

吴山铺子里的酱肉腌鸡

年关近了，往吴山脚底下的大马弄里走一走，沿街的矮铺子门面上，一挂挂酱肉腌鸡，渐渐多起来了！看过去，黑黢黢、硬邦邦，表皮风干了，透着晶晶亮的色泽，入汁入味儿！

一看到酱肉腌鸡，时光就仿佛回到了二十世纪七十年代。那时候缺吃少穿，好容易买几个苹果，母亲放进竹篮吊在天花板下，姐弟俩到齐了，才取一个下来，一人一半——更别提肉了。国营工厂上班的父亲，一个月只有两斤肉票，见到肉，大伙儿都流出口水来。有一个内蒙古人，是我们的邻居，年三十还不回乡，父母好心，让他跟我们一起过年，没想到他一气儿就吃了五个大肉粽，外加一大碗米饭，我们好容易省出点肉烧一顿年夜饭，他一个人吃了一大半。他满足地擦擦嘴，披着棉大衣出去了。母亲忍不住发牢骚，那以后，母亲再也不擅自张罗人到家里来做客了。

为了能吃到肉，大伙儿想尽了办法。且不说日常的钓鱼，只要有水塘的地方，就有钓鱼客的身影。邻居们一到夏天，就往十里、二十里外的农田跑，捉一个晚上的田鸡，也就是青蛙，自己吃了不算，还拿出去卖。母亲看着也羡慕，但父亲身为党员不能捉益虫。在二十世纪七十年代宣传“捉麻雀，除四害”的岁月里，父亲爬到高高的厂房屋顶，为得了“百日咳”的我掏麻雀。麻雀不但能烧汤，胆还能治咳。弟弟出生了，家里的肉还是不够吃。父亲买了一个老鼠夹，捉老鼠。母亲试着将老鼠皮剥了，开膛剖肚，烧成肉汤，骗弟弟是鸡肉。夏天的晚上，大家坐在路灯下乘凉，癞蛤蟆一只只爬上来，母亲拿了一把铁钳，将癞蛤蟆捉进篮子里，剥下的癞蛤蟆皮，马上也有邻居来要，据说，皮的汁水可以治疗溃烂。母亲将肉炖起来，仍然骗弟弟是鸡肉。吃着这些杂七杂八的肉，弟弟居然也长得虎头虎脑。城里人听到这些，一定觉得毛骨悚然，可是乡下孩子还会烤“哗天狗”吃。鼓楼一带的饮食小摊，曾有烤蜈蚣、烤知了卖的，生意还不错哩！

鸡和鱼，在过年，是少不了的，不然，怎么叫“年年有余（鱼）”呢？老家乡下过年，一般都杀过年猪，腊月二十四晚上，是小年，一家人围着一个煮熟的猪头，吃猪头肉，是一件幸福的事。尚未到年三十，已经是过年的光景了，吃肉先从猪头开始，大约讨个吉利吧！母亲不擅长农事，似乎也养过一只猪，人家的猪能养到一百多斤，母亲只能养到六十斤。所以，家里还是缺肉吃。但新安江大移民前，父亲所在的村庄是以捕鱼为生的，村里的男人都会捕鱼，母亲年前总能弄到鱼，就将鱼用盐腌了，用一根竹签将鱼肚子支开，挂在阴凉的屋檐下风干。腌过的鱼，酱过的肉，味道鲜美。

二十年过去，家里逐渐消失了腌鱼酱肉的踪影，母亲说，如今新鲜鱼肉都吃不完，要吃随时都能买，年三十，商店里都满满的，用得着腌、用得着酱吗？的确，对于这门手艺，我全然不会。要吃腌鱼酱肉，买就得了。从前，那是为了好保存，为了过年也不能少了，而今，完全是为了吃个风味儿。贴沙河畔的邻居是老杭州人，她有一手做酱鸭的绝活儿，冬日暖阳下，她家屋外的晾衣绳上，一挂挂地垂着，我数了数，整整十只酱鸭。我跟她丈夫说："您好福气啊，老婆有这活计！"这丈夫一脸滋润，眯了眯眼，微笑着说道："主要是过年了送亲戚！"

腌鸡酱肉，就是老杭城的风俗！是年景丰足的一种气象！

我买酱肉腌鸡，图的是烧起来方便。做女儿的，跟母亲年轻时候比，吃的穿的都多了，啥也不缺，缺的是看不到的东西，就是时间、空闲。如今，去弟弟家见母亲，我就会在心里嘀咕，说是留饭，两个小时过去了，一顿饭还上不来。母亲自始至终站在厨房里，让我想起母亲作为家庭妇女一顿饭吃上两个小时的幸福。和母亲相比，身为职业女性的我，烧一顿饭最快的速度是十五分钟。肉在饭上蒸着，锅里炒两个蔬菜，烧一个汤，三菜一汤，有荤有素，菜烧好，电饭煲里的饭也熟了。腌鸡酱肉最适合蒸着吃，省却烧菜的时间。逢着周末，将炖锅支起，放进生姜、辣椒干、茴香、桂皮、陈皮、干枇杷叶，慢慢炖，满屋子都是浓浓的酱肉香，香而微辣，风味独特。有时候，肉还没熟，我就忍不住将一整块捞出，咬上一口，完全是酱香勾动了馋虫。

街面上有腌鱼酱肉，让我想起小时候年关将近的家门口，寒风下，几挂凛凛的腌鱼，很庄重，很有底气，是一道满是年味儿的风景。吴山脚下的巷子铺里，这时候也悬着一挂挂风干的腌鸡酱肉了，沉暗的色泽，与屋顶的瓦，上下照应，立在门面口，摸一摸，心里透着一股暖意。

天下太平，日子富足。

过年了，有肉吃，真好！

杭州人的小日子

在吴山脚下晃荡，沿着太庙广场，穿过大马弄，沿着巷子溜达到吴山上去，这是我闲居在城南寻常的生活。曾有人说，房价飙得这么贵，你赚大发了呀？赶紧卖！我却很犹豫，我流连的是吴山脚下的生活，买房子不是买建筑，是买生活。

刚住到吴山一带，阳光响晴的下午，常溜达到广场边上，三三两两的闲人，就那么伫立着，花格子冬睡衣，毛线帽，往花圃边来一个“稍息”，凝神望着那穿过天空的高架桥。对面车流不息，广场的天空在四边低矮老建筑的衬托之下，却也见得无限广阔似的。后面就是山，不大不小，绿意盎然。闲人们或伫立不动，或走来走去，也有的支开了小桌面打牌，都是附近的住户。天响亮亮的，抹着清澄澄的蓝，蓝得明媚，蓝得洗练。沿着巷子，边上种了一溜儿树，嘿，枝丫弯曲着伸向空中，上头晾晒洗完半干的花被单，悬着衣裤，朝北边望一眼，花花绿绿，吴山市井小家庭的生活就这么坦然晾晒着。

这大抵是太庙广场与杭州其他地方的广场不一样的地方。其他广场都收拾得干净整洁，大方阔气，砌着模样端庄的花圃，有着绿茵茵的草地，摆放着看上去很洋气的雕塑，气派、庄严。太庙附近不一样，虽然也有雕塑，也有草地，却守着暗沉沉的老日子。傍晚，广场上满是人，跳广场舞的大妈，乘推车撒欢的孩子，专程凑到边上聊天的男男女女……刚住到城南，路过太庙广场，我就感到惊诧，发了一张图片，感叹道："这是我见过的最有生活气息的广场了！"

就在三四年前，我在杭州城里摸了个遍，最后选择住到这一带来。从这儿出发，半个钟头，就能溜达到西湖边，房价却只有临湖的三分之一，生活便利，山脚就聚集了密密麻麻的老房子，颐养着闲而有趣的老市民。外来户也多，街巷里生意兴隆，小门小户的老旧房，租金飙得很贵。刚到城南，在一家屋舍低矮的咖啡吧小坐，透过大玻璃窗，看着蔓延的凌霄花碧绿的青藤，我就想，真来对了地方，矮墙根儿下，小市民过日子的浓浓市井味儿，其他地方再也难以闻到了。有了这熟悉的味儿，城便像个城，自然是中国味儿的老城。

年少在杭城西郊闲林和留下过日子，长大了也去嘉兴，去苏州，去乌镇，去绍兴，那时候，江南的城、江南的镇，看上去似乎都有相同的滋味，是一支黑黢黢的老麻将棒冰、一碗葱花豆腐脑、一客霉干菜面条的味道。曲水环绕，水上是低矮的屋顶和白墙，乌黑板棚里，躲着一户户水乡人家，小木窗打开了，吱呀一声，听得见响。河埠头上蹲着妇人，篮子里，胳膊上，挎着江南人家一天的小日子。这意象，端的叫人喜欢，仿佛面对的就是一幅画。潘鸿海的油画里，就常能见着这种意境，只是画家的名头叫得响，价也贵，不是小市民能承受了的！

太庙的西北角有一个菜市场，再往北走，就是大马弄。仔细看弄堂口上描着的字，"马"字却少了左边的一竖，不知为何。我国的书法叫作艺术，哪里少一笔，哪里多一点，全看落笔时候的心思。吴山脚下的大马弄，换作南宋时候，莫不是宫廷养马的马厩所在地？就跟不远处胡庆余堂边上的牛羊司巷一样，是养牲畜的地方。过了九百多年，昔日皇朝宫廷所在地，如今成了市民生活的街巷里弄。站在巷口，不禁让人想到写老金陵的《乌衣巷》：“朱雀桥边野草花，乌衣巷口夕阳斜。旧时王谢堂前燕，飞入寻常百姓家。”

大马弄如今不养马，而是菜市场，两边都是小摊小门店，各种货色、吃食，物美价廉。一挂挂的酱肉、酱鸭、盐水鸡，一只只羊蹄子、牛膀肉，丰富了小市民的餐桌。大到家国兴盛，小到柴米油盐，一个城市的气象，最后都落实在人们的餐桌上。吃饱了，穿暖了，才有余力谈奔前程的事儿。过日子，离不开女人的手，小市民中的马大嫂，提着菜篮，掂量着量入为出，盛好一匙子酱油，用好一勺醋、一个辣椒、三两根葱，这便是实实在在的日子。

山脚下，还保留着两三个老墙门。老底子的杭州人都是住在墙门里头的，一个墙门，住十来户人家，便是同一条街坊上的老邻居。闲，便溜达到墙门里去。有的墙门里头还住着老杭州，有的则租给外来户了。没比较就不知老杭州的底细，一看墙门里头的光景，是不是杭州人，就能知个清清楚楚。

住着老杭州的人家，墙门门槛一脚踏入，便见得清清爽爽，墙头下，是小盆的花草，一盆葱，几棵蒜，一个小假山盆景，一眼井水，澄碧清澈，门头上几双鞋子，房门翕开处能见的一角客厅，拾掇得齐齐整整，洁净温馨。

墙门里的房子矮，年数久，隔壁一声咳嗽，可能都听得清清楚楚。几户人家挨在墙门狭小的空间里，你让着我，我让着你，才能客客气气、相安无事地生活下去。自家门口那点空间怎么拾掇干净，不给人家添麻烦，怎么尽可能用好种植一根葱的空间，怎么让一缕细细的阳光倾泻下来，照到躺椅上一个老人的眼睛上，老底子杭州人都是过日子的精细人。

无论住高楼大厦，还是墙门小户，过日子都是一个理儿，就是精打细算，就是穷拾掇。记得年轻的时候读书，老师说，小时候兄弟多，大孩子的衣服穿旧了给小的穿，长大了兄弟个个有出息。老师这么说，多少让人觉着敬重，老师自然是白衬衫黑马甲，风度翩翩，但这好生活好模样自苦寒来，从而根基深稳。

小菜摊近，素常，我都是吃一顿、买一顿。我们二十世纪七十年代生人，是从一穷二白中走过来的，长到十来岁，买白糖还得凭票，但好歹遇上了改革开放的年月，到如今，走在大街上，到处都是商品，琳琅满目，价廉物美。

旧巷里的箪食瓢饮

早在十多年前，我摊开杭州这座城市的地图，研究住在哪里才能真正称得上是一个杭州人的时候，我发现，唯有城南是我心向往之处。当时，这种感觉是模糊而不甚清晰的。

小时候看电影《城南旧事》，对“城南”这个词充满了诗意印象，影片结尾，林海音笔下的英子父亲去世，她随母亲和宋妈乘着一辆黄包车离开了，镜头对着车的背影，那著名的“长亭外，古道边，芳草碧连天。问君此去几时来，来时莫徘徊！天之涯，地之角，知交半零落，人生难得是欢聚……”在片尾缓缓响起。那是儿童英子视角中的城南。城南的世界里，有荒芜的杂草、断壁残垣、善良的女疯子秀贞，也有可爱秀气的英子那文雅绅士一般的父亲，照顾家庭井然有序的贤惠端淑的母亲，还有穿着青蓝月白色学生装的女学生。这个影片一度引起我对家庭的诗意向往，一个好家庭似乎就应该像英子家一样，父亲学识丰富、气质儒雅，母亲娴淑端丽、教女有方。他们生活得体面端厚，又能关心穷人的命运。

看这个影片的时候，我尚在念小学。影片的多个镜头在我脑海里留下了深刻印象。一提起“城南”这个词，我会由衷产生无限向往。在我对地域理想的认知里，城南应该“旧”，有故事，有沧桑，市井味儿浓郁。偏偏令我感到幸运的是，杭州城南正是这样一个所在。我童年起对“城南”的向往，正好可以在现实中寻找到并得到满足。一搬到城南，我经年漂浮着的心，就安定下来了。之前因各种原因，搬了五六次家，没有稳定的居宅，孩子慎告我，希望这一次搬家可以一直住到老。

是的，虽然母亲所在的地方就是家，可是，如果居宅不停变换，就难以产生“安家”的感觉。家宅是需要安宁的，“安”对于一个家来说，尤为重要。人和居所应该有相互呼应的关系。不知道这是否就是古代所说的风水。有时候，即使在一个地方住了十年，你也找不到“家”的感觉，但有的地方，即使你只是匆匆旅客，也能顿时安下心来，产生归属感。

城市化在不断推进，拆迁潮不断兴起，中国人已经适应了不断搬家，不断涌现新城，不断向往高品质住宅，向往住着别墅、豪宅、大户型，开着豪车，在高档住宅中进进出出，因为富有、时尚而被视为成功的生活。我却在心底还秉承着国人安土重迁的心性，喜欢住在有历史沉淀的“旧”环境里，这种“旧”是要靠时间之水来清煮的，没有上百年的历史积淀，一个老旧的城市角落的韵味就无从谈起。

站在城南角落，望一眼林荫遮蔽的天空，这天空从唐宋元明清承继而来，你在这一角天空之井里，能想起许多往事，知道脚下的路，几百年前曾有人走，熙熙攘攘，挨挨挤挤，你就不会感到寂寞。你仿佛听到他们挑着担子，引壶卖浆，听到卖花的女人在问：“先生，白兰花要吗？”……你能看到许多，听到许多，你知道许许多多前人曾在此生活，他们繁衍子孙，留下后代，他们在这一片市井角落曾经活色生香地生活，而你只是他们其中的一员。

这就是我对城市的理解，尤其是对一座历史文化名城的理解，那些大气、崭新、开放、国际化的新城地块对年轻人很有吸引力，也许是因为上了一定的年纪，也许是因为童年生活的印象，我还是喜欢生活在老旧古城里，像一壶茶，在一只用久了的紫砂壶里反反复复泡，砂壶的内壁积满了茶垢，虽然壶的光泽有些陈暗，没关系，这是我的砂壶，我的唇千百次与它接触过，杯上渗透了我的气味，我摩挲它的双手熟悉而亲切，这大概就是古人所说的“敝帚自珍”、爱物惜物。一个老旧城区的角落，自有它存在的沧桑意味，这意味不能言传，但尚能滋养人心。

住在城南有一好处：门前临水，贴沙河从南至北贯通运河。绕小路，穿过鼓楼，穿过大井巷、河坊街、吴山广场，一路就溜达到柳浪闻莺，正好可以散步。面水，对于居住环境，我总认为非常重要。也许是我从小生活在背山面水的村庄的缘故，河水、水井在我的生活中都不可缺少。有了水的依伴，心就是活的，眼时常能看到清澈的水波，水的清凉与活泛流淌进心田，心湖里一片澄澈。我家门前的贴沙河，据说曾是杭城的饮用水源，素日里，两岸垂柳婆娑，绿波荡漾。在水边绿荫下坐坐、走走，有水相伴，便觉得安宁。

水边有耸入云天的高档住宅，离火车铁轨不远，也有像我居住的老式混砖旧楼。住在楼底，梅雨季来时，稍稍有些潮湿，打开空调除个湿，就能安然舒适了。躺在窗户边长榻上翻翻书，听邻居妇人弹奏风琴，小朋友在门前花草丛里跑来跑去，老人在高大的玉兰树下聊聊闲天，水就在门前汩汩流淌。

邻居们洗干净的衣物都晾晒在东拉西扯的线杆上。一大清早，太阳从树梢钻出来了，就有人捧着被子早早晾晒在长杆上。

然后，坐地铁去上班。入夜，吃了饭，散步完毕，溜到小区活动室，看老人打牌，看零售油盐酱醋的小店主人在门前电磁炉上煮饭，甬道上，有推着小黄自行车走进来的人，也有吃完饭要赶出去开车的人，大家你避我让，行个方便。甬道一侧的花坛里，红硕的石榴花静静盛开，芳香吐艳。围墙门前的蔷薇开了，和葱、蒜种在一起。闲人手里牵一条宠物狗，在大街小店门前遛来遛去……

老城的生活，安详、宁谧，让人感到贴贴实实的安心，让我想起庄子身居陋巷箪食瓢饮的生活。自古喜欢住在简陋僻静处的人不少，庄子是一个，颜回是一个，晏子是一个，还有很多。我想，这些人之所以喜欢住在陋巷，倒并非为了刻意标榜，而是陋巷自有它无声的吸引力，那就是清淡朴实的寻常生活。这种清淡和朴实，犹如白开水，不掺任何杂质，它由芸芸众生最质朴直观的生活表达构成。一个市民最普通的生活，他的向往、追求、喜悦和牢骚都呈现在巷子里，是巷子的脸面。生活的日常，吃喝拉撒，你吵我骂，哼歌跳舞，都是巷子的气味。老城的生活，就是百姓最庸常朴素的生活，是一切生活的本真与底色。

我在门口箱子里种了几株蔷薇，一毛钱一棵苗的宜兴蔷薇，以为会像邻居家院子门口一样开出一顶棚的紫红蔷薇来，没想到，开出的花居然黄色带红边，随着阳光变幻色彩。早晨，黄色多一些，到了正午太阳猛烈的时候，花边都成了红色。种了两年，开出七八十来朵，寥落散乱着，也懒得侍弄，就让它在一片草丛中随意自在地盛开吧！小巷生活就是这般随性。

喜欢看人家的阳台，堆几个破瓦罐、钵头、花盆，春天开月季，夏天开喇叭花，秋天是一丛菊，冬天爆几朵梅。花的一旁，就是小葱、小蒜、小青菜。盛夏，在阳台外边泥地里，攀爬起一株野葡萄，用几根竹竿搭个架子，葡萄枝叶就能四下里蔓延。夏天的傍晚，手持一把蒲扇，拎一张竹椅，端一杯茶，哗啦哗啦扇个凉风。瞅一眼天色，一弯月亮就在树梢上。

这就是杭州寻常百姓的市井生活。这生活由油盐酱醋茶组成，有烟火味儿。这生活的气味就飘荡在古城小巷狭窄的天空。

数年前的一个冬天，我在江南古镇西塘阁楼的一张雕花大床上睡了三个晚上，白天在街面走，对着临水人家看，看简易的木门吱呀一声打开，走出一个寻常的女人，端一个脸盆，给花花草草浇水。这宁静恬淡的水乡画面，令我想到油画。面若桃花、衣着朴素的乡下女孩、少妇就蹲在溪沿埠头，捣衣服。她们是《诗经》里采薇、采荇的女子，在劳作中，与自然浑然一体。这景象，还令我想到未进深宫、在诸暨乡村浣纱的西施。一方水土养一方人，江南的水土，滋养的就是《诗经》里勤劳、水灵、柔丽的朴素女人。坐在岸边，静静对着河对岸的水上人家看，一坐便是半个时辰。因了这些最普通的人、最寻常的景象，街巷繁华而安宁。你因此懂得什么叫烟火、什么是生活。

二十五六年前，我还是一个学生，去往乌镇，偶然看到门面出售广告，我想，如果在水边有一间板楼就好了，夏天可以度假，在临水木阁楼里看书。就在去年，我前往乌镇，那里完全变了形象，成了景区，居民迁到巷外，里面兴建了高档酒店、酒吧，是一个用于接待和旅游的景点了。我站在桥上，意识到乌镇变了，这拾掇得整洁、精致而依然老旧的临水巷子很美，但与以前相较，到底少了什么呢？水边的人家，见不到人，也少了破罐、钵头里的小葱小蒜。一句话，少了世俗庸常的烟火气息。这似乎是一组矛盾，我们也不便多说什么，历史自有它的进程与规律。

由此，我非常珍惜在城南的时光，像一坛绍兴花雕，这滋味需要慢慢品尝。傍晚，吃过饭，拖过一把竹椅，泡上一杯茶，坐在家门前，看远处的高楼，听火车声慢慢飘远，夜色渐渐浮上来，一钩弯月挂在树梢，清风掠过，空气里弥漫着青草气息。

这就是水巷城南的庸常时光。

汲一泓清泉

住在城南的一大好处，是仍可以过上汲泉品饮的寻常生活。

有些年，买桶装水饮用，自从住到城南，这一笔费用倒省却了，能喝到天然泉水。原来，沿着狮峰山脉，有几处汲泉点。一处位于虎跑公园内，一处位于九溪狮峰下。此外，还有几口井，小区里的女人常拿了水桶和面盆，汲水清洗衣服。

大概是自小在浙西山乡长大的缘故，我对泉水熟悉而珍爱。童年，跟随乡民去山坡挖植物种植带，会带铝制的水壶上山，有的农人则拎一把提梁粗陶壶，通常还会给没带水的农人分几口。壶里的水喝完了，就会差遣孩子去大家熟知的泉眼提水。山高路远，有的村庄在海拔很高的山顶上，一路翻山越岭，汗流浃背，口舌生烟。人们便在崎岖山径找到泉眼，舀几口泉水，上山下山就不会干渴。

自入了城，喝的便是自来水。起初只觉得方便，也不深究。据说，有时候自来水有漂白粉的味道，也并不太在意。二十世纪九十年代，人们生活渐渐讲究起来，桶装水代替了自来水，饮用水与生活洗涤用水便有区分的讲究。茶道盛行，茶文化中，对泡茶用水分析得极其入微。《红楼梦》中，妙玉以一坛久埋地下的雪水泡茶，按今人的看法，雪中积累了多少空气中的飞尘！莫非这坛以及地气能起到净化水的作用？“水为茶之母”，按照陆羽《茶经》的说法，用山水为上，山岩罅隙处流出的水为佳。杭州的名茶馆青藤茶馆所用的水，就取自每天清晨的虎跑泉！

能够在杭城靠近山的地方居住，一边用泉水泡茶、煮饭，一边又享受都市的繁华，我以为在都市人群日益密集的当下，也是一种奢侈。杭州的山与故乡的山不同，杭州的山多石块，树木长在石头的罅隙之中，一场雨，就能把石阶冲得干干净净，是城里人的山，更秀气，更擅长打扮，亭亭当当。故乡的山，都是红色的砂石和岩土，长草，长松，植被丰茂，看上去也秀气，却是山乡村气，天真稚拙。家乡的泉，自长大入了城，便没再品尝过了。从自来水进了家门，去井里挑水的人也少了，喝泉水的人也差不多绝迹了。

杭州自古就有汲泉品茗的风俗。

虎跑泉边，立着官府衙门行车前来取水的雕塑群像。虎跑泉号称“天下第三泉”，为满足杭城市民饮用泉水的愿望，虎跑公园对市民开放，每天清晨或傍晚，总看到排队汲水的人群。为了喝上虎跑泉水泡的茶，我特意购买了汲泉工具。在去汲泉的山径上，一边享受傍晚林荫小道的清凉，一边聆听悄声的虫吟。

第一次去虎跑公园，听说排队的人多，心想等到傍晚总该可以了吧，未料没地方停车。于是一路驾车盘绕至半山腰，从山腰折到山谷，排队等了个把小时。泉水就像打开的自来水，哗啦啦地流个不停，真让人觉得可惜。但是，站在泉水边，身心顿觉凉快。我灌了一大桶，一步一挪将桶移到山腰，中间逢着个大汉，帮着拎了一把。好不容易，将泉水像宝贝似的拎到家，心想，这比桶装水强多了，新鲜，澄碧。以后，又在虎跑泉汲取了三四次。听人说，旁边狮峰山还有一处泉眼，没有门卫候着，于是又去了狮峰山脚。泉眼就在路边几米不远处，将车停下，拎着水桶可以直接去排队。一根自来水管插在山石中，水哗啦啦地流下来，泉水清冽明净，周围是丘壑与山石，站在沟壑边，满目绿色，怡爽清凉。

汲泉的人将桶罐排成队伍，零零落落四散等着，大家彼此都不认识，但因为汲泉，有的见过几面，聊着聊着就成了“泉友”。经验足的拿了白纱布，将管子套上，冲出来的水便不那么湍急了。难以想象，泉水每天这般喷涌而出，昼夜不歇，该多可惜。通向丘壑的路边，有一户人家，接了管子，方便来人装水，每桶收取两块钱，真是天赐福报。每逢周末，驱车前往打水，总看到路面停着几辆车，他们像我一样从车上取下水桶，我也在这支队伍中享受身为城南人的便捷和惬意。

一桶泉水，一般可以享用一个星期。年纪愈大，发现自己愈来愈闲，闲也要闲得有滋味才成。去狮峰山，车子不是往净祠下西湖南侧走，就是往凤凰山山脚走，一路都风光怡人。山脚有亭，有馆，也有庙，还有井。

真的，身居城南，饮泉泡茶，看看剧，爬爬山，听听戏，享受一点文艺，我依稀感受到，这似乎就是当年临安子民的生活。

吴山，杭城小山眉

吴山不是山，它只是杭州这座盆景里的一枚假山石。如果从山的形象去考量的话。

母亲住在我家，日常，吃过早饭和午饭，便各要出门一趟，一趟是上吴山，一趟是去菜场。上吴山，成了老年人每天的必修课。城南地儿，跳舞的，拉琴的，打太极的，爬山遛狗的，竞走的，骑赛车的，动静相宜。

说吴山是盆景，此言不差。先说山上的石头，吴山就像石头堆砌而成的假山。吴山上似乎都是石块，少土，那些郁郁葱葱的灌木林，冬青树、樟树、栎树等，仿佛都是从石头缝里蹦出来的，赤筋赤骨的样子。那些石头，跟太湖石的漏、皱、瘦、透一模一样，你走着走着，冷不丁就来到了一个溶洞，一个七弯八拐的暗道，让人觉得这不像是在山上，而是走进了一座迷宫。因为石头多而大，有的巨石就像灵隐寺景区的一线天，搁在两道罅隙之间，让从底下走过的人心惊胆战。有的洞穴流出一泓清泉，上面镌刻两个大字。有的平坦处分外开阔，石头上盛开几丛梅花，一角立着八边的岩亭，镌刻一副草体的对联。总之，爬吴山，不像是上山，而像是去盆景里的假山溜达。那上吴山的人，也成了盆景里的景，是盆景里的小点缀。

吴山，说大不大，说小也不小。往大里说，它其实是一个统称，包括了紫阳山、凤凰山、将台山，绵延向西，就连着玉皇山。你可以早晨从东头出发，上山，一路往西走，傍晚从玉皇山西头下山。往小里说，它实在太小，长得这么玲珑、吸引这么多人气的山很少。山上全是一棵棵郁郁葱葱的树，绝无杂草，人来人往，石径都踩得光溜溜的。

因为像盆景，吴山上，就处处是景。沿着上山的阶梯，弯来绕去，就把你的脚带到那些景点去。一会儿一个名人题字的轩，一会儿一个百姓口中的娘娘洞，名家匾额、题字、画像，一朝又一朝、一代又一代，数都数不过来。我没练习过书法，碰到那些行书、草书、篆书，有的还来一点甲骨文，就分不清楚了。

既然名家匾额、题字、画像多，吴山的故事也就多，不胜枚举，从神话传说到民间传说，从下里巴人到朝堂故事。我上吴山的时候，只是看一看，并不去记。要我说，这么多人在吴山留下印记，可能与当初南宋的皇宫设在吴山东面有关。而今，吴山的东面住着百姓，西面驻扎着部队，南边是百姓和烈士的墓地，北边是广场，金融博物馆就立在广场西边。广场上的石壁镌刻四个大字——“吴山天风”，确实是天上吹来的风。傍晚，市民大嫂们在广场上大跳广场舞，有一种憨热的劲儿在里头。

去吴山休闲的多外地客，大多是住在周边。上了吴山，围着一张简易四方桌，支开一副麻将，或者一副老K，一把热水壶，可以在树林下消磨一天的时间，中途饿了，下到街上点一碗面，再上山。上吴山的人，有老人、闲了的中年人，也有小孩儿。小孩儿围着山顶一处起伏的石林，藏猫猫，捉老鼠，扮演孙悟空。也有将婴儿车一直推到山顶的，车里躺个娃。婴儿爬吴山，也是吴山的特有景致。

说吴山像一座假山，因为附近就有水。南边山坡底下不远就是钱塘江，西边不远就是西湖。怪不得吴山顶上靠近南边的山峰上有一个亭子，叫江湖汇观亭，说是既可以看到湖，也可以看到江。我琢磨，干脆就叫江湖亭吧，扼“江”的咽喉，览“湖”之盛景。

吴山，夏天上去，一片郁郁葱葱，春夏的吴山是绿的。秋冬时节，想要看看枯树和落叶的美，也尽可以上吴山。那时，站在亭子里，大有“无边落木萧萧下，不尽‘钱江’滚滚来”的意境。但，站在吴山上，和杜甫站在长江绝壁边的群山上，意味究竟不同。那就是，吴山不过是杭州城的一座假山而已。

吴山，很容易让人联想起古代女子的小山眉。如果说西湖是眼，那么吴山就是杭州的小山眉。

吃龙虾，俗世尘杂

胡雪岩故居外，一溜儿门店，黑白相间，一眨眼，突然开起一家家龙虾店。傍晚，从望江门高架桥下穿过，灯火高挂，门庭热闹。

吃，一直是大事。一堆人围着桌子，吃出快乐、友情和人生趣味。

将车停好，走过去，点一味香辣龙虾，满满的一小锅，外加一瓶啤酒，坐下，一个人静静享用。抬头看邻桌，四个“90后”男孩，除了一锅龙虾，还有五六个烧烤炸串，其中一个请客。他们聊天的内容，竟然和我们这一代差不多，公租房、经济房以及申请条件等，更世俗直接，不曾料到。

当衣食住行等基本需求成为横亘在生活里的问题，思想就只能被束缚在上面，无论“50后”还是“90后”，时间代沟消弭。

在基本欲望面前，众生平等。这就是俗世人尘。

想起孩子，房子装修好，也曾征询他的意见，他说，无意见，因为漠不关心，就像自己曾经年轻的时候。社会，一直在培养张罗俗事的孩子，他们把从容应对俗事称为能力，房子、车子、票子、位子、娘子，“五子登科”，他们长大后成为合格的社会人。

而天生的多愁善感，天生的爱惜灵魂，在世俗经验中，成为巨大的不堪和拖累。于是，到处都是摒弃这种拖累的人。这些世俗而精明的人，构筑起强大喧嚣的众生世界。

无论二十世纪五十年代、九十年代，还是二十一世纪。

想，能不能叫上一个人一起吃呢？可是，这时候叫人，有谁会答应呢？任何事，都这样没心没肺，没有预期。于是，一锅龙虾，一个人，静静享用，也好。

放了大蒜和辣椒，就可以称为香辣龙虾了。红色的虾，与碧绿的蒜叶搭配，应时应景。纯粹满足一时的口舌之欲。

并不喜欢那些教人苦行清修的道理。不能吃肉，人生有甚滋味？一切随心所欲，不逾矩，遵从自然，倾听身体需要，适当满足，是通往身心和谐的本来路径。

听从心愿，是珍惜生活的表现。当然，铺张除外。

看到这样一种说法，经济萧条的时光，休闲与文化产业大兴，从满街小店喧腾着的生气可以感知。难挣到钱，不如静候时光，慢慢享受。趁年轻，身体好，吃，这最基础的欲望，也需要身体作为支撑。于是，满大街都是吃喝的人。

年轻时候，一个夜晚，在一座内地城市吃龙虾，配冰镇啤酒。街，看上去破败草莽，但路两边，挤满龙虾店。大排档板木桌，在泡桐花下支开，絮絮聊天，不是特别相熟。两手并用，酣畅淋漓。

许多日子，都和并不特别相熟的人一起，吃。人生，如此众多的无聊，吃，是人们相聚的理由。混在人群中，满足欲望与消解寂寞同时进行。这是城市的本质与魅力。

他们说，有洗龙虾的机器，听起来像洗衣机。龙虾好吃，洗起来麻烦，身底爪子要刷上半天。就有人拒绝吃龙虾，嫌它生活在臭水沟，脏。这似乎又与俗世生活对应，就像养得干净的孩子总爱生病，而鄙俗乡野的孩子却挺拔健硕。

吃了大半锅，终于吃不下，起身，付账，走人。

脑海里尽量不去想龙虾被洗刷后储在篮里的样子。

人，就是这样，大多时候，喜欢清净华美，但也抵不过俗世尘杂。俗世，终究是强大的，就像活在臭水沟的龙虾却发展出龙虾街。

出门去看莲

花鸟市场买荷花小盆，置放在家门口。清水盛养，荷叶亭亭净直，两个月过去，枝大叶茂，倚于壁侧。开门，就能看到一团碧绿，擎起红色花苞，清新可人。

养一盆莲花，是为净心清目。大自然的物什，各有各的功用。人以目耳鼻口手足接触万物，获得丰富感悟。莲，如同植物中的清泉，碧泓涤荡，濯人尘垢。

日常生活，俗务烦扰。日光照耀的清晨，微雨朦胧的傍晚，倚在门一侧，望几眼缸里的莲，尘嚣便可远遁，心情平静如许。

这是莲的妙处。

双休日，天阴阴的，想起今年还未去西湖看莲，便一早出发。与西湖的莲花，一年一期，相逢定时，或在七月朗月之下，或在六月暖风之中。那时尚住城东之郊，每年到了夏季的夜晚，总要搭一辆公交，摇摇晃晃，穿过整座城市，再走上几里，来到孤山脚下或曲院风荷，在荷塘边静坐一个时辰，悄悄地跟莲塘说一声“你好”。

孤山脚下的莲，最美的是对着西泠桥的谷湾。广袤而别致的水域，挨挨挤挤的莲叶，北边的远山，西面的绿地，影影绰绰，环带连绵。西泠桥跨于两岸，圆弧形的桥洞，在灯光映衬下，如一轮坠落湖面的月。莲叶何田田，却看不见戏水的鱼，高高低低、层层叠叠的莲叶，在沉沉暮色中，涂染密麻如织的铅灰。要不是风吹过，就静静举着硕大的叶子，如油画里的静物。只坐在柳树下的木椅里，放空心思，人就像置身于莲叶之间的小舟，什么都不必想。倘若吹来少许的风，温柔掠过山谷，抚慰肌肤，心里便更有了一层清凉惬意。湖柳下看莲花，聆听它穿越淤泥后的倾吐，竟有独坐敬亭山的观感。

人与景融合为一，物我两忘。

曲院风荷的莲却不同，它们长在水塘。水塘四周，堆砌些假山，放置些靠椅。重檐的阁楼端落一侧，灯光杳杳，人语哝哝。林木萧然，这小小的莲池只是空阔处的一景，暗夜，芬芳弥散，要一杯茶，置一张桌，静静独坐，花香清逸，漫环四围，一轮皎月挂在空中。这便是莲塘边度过的良辰。

因了多年的积习，看莲这样一个行为，似乎也成为一种朝圣，内心的敬重之心依然清晰无比。住到城里，不用绕远路，就能看莲。两手插裙袋，也能踱到柳浪闻莺。但，看莲，依然是一件神圣的事。走着去，蹚远路，仿佛教众前往耶路撒冷。

一年，杨公堤以西，围植大片芦荡，西湖倍添佳野秀丽。报上说，引进了一种王莲，莲花硕大，荷叶上竟可立人。那是一种怎样的莲啊？兴冲冲坐了公交，一辆又一辆，到了池边，竟满头油汗。莲心金黄色，可见巨大莲眼，莲瓣丰硕肥美，环绕花心，安静地在水面浮着，沉重而紧实。王莲，应了这名字的气象，自然富丽万千。对比之下，孤山与曲院风荷看到的莲，就是小家碧玉了，然而风姿袅袅，似乎更婀娜韵致些。

又一年，一批书法人士相聚良渚，茶人带来一种可以泡饮的莲，名叫地藏莲，说产自台湾，移植到富阳的莲塘，一年只出产不多的几十斤。一只莲干被置放在瓷钵中，铁壶中煮好沸水，朝莲头浇注，紫色花瓣，叶叶舒展，水，成了澄清的黄，盛在小盏里，隐约有清香之气。良渚大雄讲寺的心皓法师，念一段《法华经》，说到一个修佛的人，因一生都念《法华经》，死了之后，舌头变成了金灿灿的莲花。这些佛典故事，我常将信将疑。人们形容人善于言辞，通常说舌灿莲花。而舌头变成莲花，真是稀奇事。怀疑主义，大约是我学不了佛的原因。

莲花，在佛教中有着特殊的意义。莲花，是至高无上妙法的象征，象征法门清净无染，因果微妙，“妙法”称之为“莲花”。华藏世界在莲花的花蕊中产生。莲花在佛典中有青、红、赤、白四种，尤以白莲为佳，即经中的芬陀利花。《法华经》又称“白莲经”。

“洁白的花，碧绿的叶，出自污泥而不染”，这歌词让我想起越南电影。镜头下的荷塘里，那些满脸沧桑的老女人，将朵朵莲花采下，随溪漂流。那种美，那种清洁与芬芳，让人惊叹不止。西湖的莲，常常是红色。周末，从家门出发，踱过长长的堤岸，在细雨中，穿越杨柳树下，想，西湖，不知哪里可看白莲。

门口的莲开了，紫红的朵瓣，托起橙黄的蓬心。晒了几张图，颇得赞许。其中，一位老先生意兴之下写了三首诗：“晓烟滋柳色，晨露发荷香。以我一心静，参他六月凉。”“静立塘边听蝉鸣，夏风入荷绿方深。酒能醉人莲醉心，世上偏多爱荷人。”“蛙声一唱夜空朦，荷塘出浴水芙蓉。月光迷离花迷离，原来最美是朦胧。”道出了莲的清白之境。

秋天，收到远方亲戚捎来的莲子，产自自家的荷塘。一年一季，花开蒂落，夏可赏花，秋可炖实，这以莲为衣食的莲农生活，不知怎样。

提鸟笼的人

素日里，倘若看见一个人提着鸟笼，便觉得此人得闲。

提鸟笼的人，令人想起前清破落贵族“那五爷”，总让人觉得游手好闲，不务正业，因此，年轻时，对这些提鸟笼的人，有点敬而远之。直到有一天，我自己也闲下来了，渐渐能理解为什么有人喜欢养鸟养宠物了，想，原来，提鸟笼也是一种情趣。

一座以休闲著称的城市不可能缺少提鸟笼的人。有人提着鸟笼，穿过大街小巷，那是一道风景。说明人心安闲，国泰民安。

住所附近，有一户居民养鸽子，也养别的鸟。他圈了一块地，周边种上竹子，里面撑一把太阳伞，底下就挂三五个鸟笼，你经过门边，总能听到鸟语啁啾的声音。居民楼，密密挨挨地藏在高大的泡桐树下，秋天，紫白色的泡桐花开了，人从树下走过，听着鸟语啁啾的声音，觉得分外安慰。

我喜欢鸟，虽然并不养鸟，不懂得鸟的习性，但看它们五颜六色、上蹿下跳，“欲与天公试比高”的劲头，就觉得鸟具有积极向上的习性。鸟养在笼子里，成了金丝雀，固然失去了天然奋争的姿态，但，依然看到它们不停地叫唤，富有活力。

无论养鸟，还是养狗、养猫，时间长了，它们似乎都会与人建立某种默契。曾经在散步的时候，在街头看到一个男人，一边骑着电动车，一边叫唤远在一旁撒尿的狗，一叫，这狗就很听话地跃上电动车，跟随主人离去。

鸟，何尝不是这样呢？你跟鸟说话，时间长了，它仿佛也能听懂人的语言。有的人之所以喜欢养鸟，怕就是因为鸟这种通人的特性吧！

我很喜欢电视剧《钟鼓楼》里开场的几个镜头，其中就有鸽群飞过北京灰砖屋顶的片段，鸽哨的声音，时远时近，飘荡在城市的上空；也喜欢《长恨歌》中关于老上海民居的描写，详细地写到飞过屋顶的鸽群；还喜欢那些来自威尼斯圣马可广场的摄影图片，人与鸽群共舞……那年寒冬，我去大连，看到海湾公园裸露的大片海滩，远远的沙鸥翔集。有鸟群飞舞的城市，总能让人感到人与自然万物之间的和谐。

杭州人爱养鸟，即使在生活拮据的二十世纪七十年代，去过一户老底子杭州人家，房子空间小，不够住，吃完饭，就得将桌子挂到墙壁上。但他们用丰盛香美的杭州家常名菜白斩鸡招待我们，走廊上，悬着几尾鸟，翠皮鹦鹉和八哥，那是我第一次看到会说话的鸟，那八哥叫道："你好！你好！"

一座美好的城市，必然是充满鸟语的城市。鸟语不是关在动物园，而是飞翔在城市的上空。有一天，看到一份晚报上刊登了松鼠路过南山路的消息，许多人纷纷点赞。是的，一座友好的城市，不仅是人类之间的友好，还表现为对其他物种的关爱，譬如鸟。

早晨，我在窗外一片鸟的叽喳声中起床，大自然的声音代替闹钟，我以为这便是好！

寒冬，我在休息天爬上吴山，看到亭子下有人挂着几个用布罩着的鸟笼，人则在一边安闲地静坐，我以为这便是好！

春天，我经过隔壁的楼，听到鸟声啁啾，我以为这便是好！

四月，蔷薇如烟

四月，蔷薇如烟。

月色清朗，樟树枝繁叶茂，栅篱院落，蔷薇攀缘，枝叶纵横，木门轻掩，安详静谧。

院子里住着一对老年夫妻，早晨，他们支开板凳，面朝公园，在居民种下的大蒜、青菜、黄瓜前，择菜叶，聊闲天，看报纸，谈论昨晚的电视。空中，横扯着木枝散乱的花架，葡萄藤攀缘直上。瓜架一侧，硕大的文旦树，浓碧粗大厚实的叶子，只青青的一色。

这是邻居。下班的夜晚，熄了火，坐在车里，对着门静静地看。白日里的喧嚣与嘈杂，迅速消遁。夜色笼罩，花朵繁密，夜幕呈现黑白朦胧的底色。樟树簇新的叶子，与重叠相覆的花瓣，散发着春夜植物独有的清香。

家园的要素，静谧、温馨、祥和、安适，植物环绕，月光穿户，就该如此景象。

去年春天，种下十几株蔷薇，长成一丛丛茂盛绿植，枝叶蓬杂绵密，开出白色细碎小花。与想象中的粉红重瓣，大相径庭。

谈论这些花事，邻居说，等到秋天，帮你剪上几枝，插下去，就能活。

凡尘俗世，因了温暖人情，心泉怡然。

驱车上高架，夹道蔷薇红橙粉紫，水泥森林之外，尚能目接人间秀色，娱心悦目。

蔷薇，是四月的花神。人间四月，怎能没有蔷薇相伴。每一个季节，都有自己的色彩。四月的颜色，便是蔷薇红。

满园芬芳的四月，阳光散发香氛，从香樟叶密密挨挨的天空洒落，涂抹蓬松秀丽的头发，稚嫩香软的双肩，青草般鲜嫩扎眼的笑声，于蜂鸣蝶舞之间，如清水潺湲。

每个在岁月中逐渐成长的少女，都曾梦想过这样的人生。春夜，带孩子在蔷薇环绕的操场奔跑、散步。路边，黑铁栅一道围着一道，蔷薇花枝从栅栏里俏丽伸出，站立，只静静看。其实只想看看，一墙蔷薇包裹着的美好。

曾经追着美女俊男，满大街找风景。人过中年，爱看孩子，看老人。在孩子身上，看生命初生的荣光，在老人身上，看阅尽沧桑的淡定。少年，站在篱笆边，看蔷薇绽放，心里充满喜悦，像新生的日光。中年，看蔷薇零落，哀惋神伤，想起“林花谢了春红太匆匆”，想起“人生长恨水长东”。

窗户阴暗重叠，尘埃浮游，在狭窄光束中跳舞。凝神望向窗外，满院蔷薇，在深深浅浅的绿中，晕染出烂漫迷离的红。少年追逐的梦想，看似繁华富丽锦缎，就像梦境本身。唯有温润善良淳朴秀色，才能抚慰苍凉心灵。

记忆里，一所房子，青苔遍布，静水无声，蔷薇环绕。

那个和善柔弱的老人，常坐花香里。繁茂花瓣绵延四壁，蔷薇篱笆，花墙重叠，招引色彩斑斓的蝴蝶。山风清爽，鸟语花香。花园里，月季、一丈红、菊花，一垄垄，随四季更替，逐次开放。

老人黄埔出身。曾握过枪的双手，也可种下美艳芬芳的蔷薇。这是未曾经历战争的人，到了中年，觉得讶异、沉重、悲伤与衰颓的事。常于深夜，想起人生的种种软弱、荒诞与无解。

没有人能对残暴做出美学的阐释。仿佛时光不止，残暴就不会停止，即使在蔷薇如烟的季节。“一个男人要走多少路，才能将其称作好汉？一只白鸽要飞跃多少道海，才能在沙滩入眠？炮弹要飞多少次，才能将其永远禁锢？”

从自然、书本接受人性之美、生命之美。

残暴之美在哪里？

夜色深深，静对蔷薇木门，脑海掠过毕加索，肢体切割抛掷，充满象征意味。

蔷薇如烟，“我姑酌彼兕觥，维以不永伤”。

清晨，鸟声剥啄

晨光熹微，窗户传来剥啄声。

剥——啄，剥——啄。

以为有人敲窗，再听，没了响声。睡时，又响起。

拉开窗帘——一只鸟停在曲如花茎的铁栅栏上，鸟喙尖锐，啄着窗户，催人早起。

这笃笃剥啄，听起来，和喈喈鸟鸣，自是不同。剥——啄，字眼透露清贫朴素意味，平白无华，引发花香馥郁联想。

清晨剥啄，像母亲唤醒女儿起床，是鸟对人亲近平实的邀约。

窗外，林木茂密，春光走到五月，日子一日比一日翠绿起来，人在草木之中，渐渐往深里走。日光轻抚，升腾草莽青涩气味。合欢大树，枝叶招展，杂花野草，没了膝胫。

人和鸟，和草木，彼此依存，成为共同的存在，友好亲近。

身处城市僻静角落，河畔草木湿润，水面绿意波动。人站在水边，站在树下，神思邈远，仰天接地，一时觉得，拥有这一刻的宁静与安适，多么必须，多么美好。

拉开窗帘，鸟摇摆雀羽，剥啄剥啄，是要进到屋里来吗？此刻，它成了伙伴。

在鸟面前，人并不因能造房、能栽树而尤显尊贵。如此环境，鸟是安全的。因平等始能产生亲密。它自动与人打招呼，相信人类，和声共语。

人与物、与生灵的交往与呼应，简单朴素是为最好。倘若缺失林花春红的环境，寄居于屋檐下的鸟笼，便不再有平等之说，呼唤成了吆喝，咕哝成了逗乐。那笼中之鸟，为了檐下一口饭食，失却了扑棱展翅的姿态之美。人与鸟，处于养与寄的不同地位，便不再能奢谈亲密相伴。

鸟之于人如何，完全看人的态度。

家里曾养鸡。孩子从小贩挑担中买下，带回家中。是一只雄鸡。小冠红润，翅羽健硕，叫声爽利，行动活泼，带来无限生趣。按时喂饭，未曾呵斥惊吓。逐渐长大，如顽皮孩童，瞬间长成“少年鸡”。唤之，则扑扇翅膀，引吭挺立，英姿勃发。家人回家，便挥动翅羽跳到人手上，咯嗒问候，以示热忱亲爱。饭后，竟立于肩膀，用喙剔清人的牙缝。在它眼里，它是另一个主人。直至外婆来访，惊讶母子竟养出如此张狂之鸡，这哪里是鸡，全然不知道鸡该有的本分！这只无辜之鸡，因从未接受人与鸡地位不同、举止形态该有拘束的教育，于母子离家之时，张狂失态，成了外婆刀下鬼。想象鸡面临杀戮的情景，一定幼稚无知，也许跳到外婆手上，以示亲密，并不知道人心不同与利害。

这是人与鸟的故事，关于平等。鸡，亦是鸟。

苍苍大树，该有鸟巢相伴。记忆里，有的鸟常流离失所，仓皇失顾，譬如麻雀。泥土坯墙，啄出小洞，麻雀做窝。然而，因麻雀偷食人的劳作成果，人和麻雀总是对立。人制作稻草人，拍起双掌，晃动竹竿，驱赶麻雀。麻雀遇人，眼睛里流露惊恐，不管独行还是成群，旋即扑棱飞走。五月春暮，骤雨初歇，踩着清浅积水，路过高大梧桐，坑洼之地，麻雀东零西落。城市墙面坚硬，暴雨如瀑，寻不到藏身处。

一场雨，可以带走多少鸟雀的生命。

看国画中的花鸟小品，鸟或落枝头，或停花下。鸟是花的陪伴，花是鸟的灵魂。倘若只有花没有鸟，安静处便不见流动，沉寂里便不闻响声。倘若只有鸟没有花，浮动处便不着安稳，闹意里便不见鲜妍。花与鸟，互为映照，掩映成趣。

人与鸟同存的画面，并不多见。山水画中，人独坐于茅亭，目接青山，安闲虚静，天色杳杳，空中除了远山霭霭，什么也没有，甚或飞过一行大雁，也小如微蚁。

诗歌里，人与鸟却常常同现，寄托情志。鸟鸣喈喈，耳朵上开出春天的花朵，芳香渗染心湖。“两个黄鹂鸣翠柳”，诗人站窗边，托腮静听，安闲自适，耳朵里有巧声，眼睛里有画意。“自在娇莺恰恰啼”，春意涂染耳朵，净空心灵。鸟迹隐隐，牵引人的视线，寄托诗心蔓延。有鸟出现的画面，人便闲了下来，嘈杂之音如秋水渐落，鸟声与心灵，开启互问互答。“蝉噪林欲静，鸟鸣山更幽。月出惊山鸟，时鸣春涧中。”古诗文中的人，安闲，散淡，心中有定意，稳妥妥的心，沉浸于翠意如织的山林，山谷是空的，人心亦是放空的。这一切，于诗人，常是顺手拈来。

想起童年乡居，生活里常有燕雀身影。泥木阁楼底下，是雀巢，唾液滋润黄泥筑成。春天，燕子飞进厅堂筑巢，秋天，群雁南徙，目接远望与送别。及至长大，人鸟互动的场面，再也不见。带孩子去动物园看鸟，去笼子看鸟。这一代的人，不知能否再听懂鸟的语言。

在长榻上坐起，揭开帘布，望向屋檐，那羽鸟雀，尾羽轻跃。再看，旋即飞走。剥啄声，停了下来，虚室弥漫无言清寂。

不远处，有同类呼唤。鸟，来去匆匆，于枝头伫立雀跃。期待剥啄再起，如老友相慰，不能忘却。

至今，孩子能吟唱的童年歌曲，是“黄鸟于飞，集于灌木，其鸣喈喈”。教书之余，曾教他诗歌，随意哼唱。这随口而成的曲谱一定独特，留在他的记忆里，从他童年、少年与青年的喉咙中哼出来，滋味不同。

这是歌声里的鸟。

循着鸟声，走出门外小径，青草没了铺地的砖道，翠意葱茏，落花流水，回味《诗经》中采薇的女子，望穿千年，她们的心与眼。

抬头，林木苍苍，鸟声啾啾，应和声此起彼落。

想，这个春天，大约就这样过去了。

很好。

在香樟树下，晃荡

香樟，是江南的老树种，抬眼一看，到处都是。

古风婆娑的村庄，还没到村口，就能望见两三株依偎在一起的樟树，整个村庄就像卧在大树的浓荫之下，安详而宁和。香樟，是能使人产生这种微妙感觉的树，而所有能引起灵魂深处微妙感觉的物、人和事，我都喜欢。

樟树，当然，是香的。一个春日的美好夜晚，我穿过一条巷子，突然嗅到了一种清新的气息，直抵脑部。那种青涩细幽的香味，难以形容和言说。我只站到树下，两手插在口袋，仰头靠在树干上，深深地吸了许久，就像被树精摄了魂魄。末了，我给一个自以为相熟的人发消息，告诉他“香樟树叶很香”这样一件可有可无而稀奇的事。那些日子，终日忙碌，忙到华灯璀璨，而嗅到香樟的香，我以为也极其不易。许多时候，我们在生活中忙得失去了闲心，而所有的美与好，都需要一颗光洁清润的心去体味。

樟树，是杭州的市树，走在这座城市的大街小巷，抬头就能看到樟树。老街上的香樟高大苍翠，新街上的香樟苗条清秀。老迈的香樟和簇新的香樟共生共荣，支撑起城市日益广袤无限延展的天空。二十世纪九十年代中期，刚从学校毕业，在龙翔桥倒公交车。车载着我绕过大半个杭城，向东北端的机场路缓缓驶去。车经过一个人满为患的巨大的服装市场，又经过一个看不出任何设计感的装修市场，就像满街大同小异的公交车，我的情绪烦躁无比。但是，当车稳稳当当地驶进机场路，就像钻进浓荫而幽深的树的绿洞，我喧嚣郁躁的内心，顿时便清凉了起来，就像一个夏日里奔跑着的孩子，突然奔突到一泓瀑布之下。

一个树种，对于生活在底下的人，是能起到这样莫名的心理作用的。许多时候，人们抬起头看天空，其实不过是想渴望一下自由。天空的一角，常常点缀着造型各异的树枝，有什么形状的树枝，就会引导出什么样的心情。研究树枝的形状，这种细枝末节的小事情，我以为，对于一个理想的城市规划者，实在太重要了。我想，人们喜欢南山路和北山路，应该就是喜欢在树底下悠游自在的心情。

曾在咖啡馆和一家承接市政业务的园林公司的管理者聊天，她提了一个有关海绵城市的建议，被市政府采纳。我问她，马路上就不能有一些新鲜的植物可以看看吗？到处都是包心菜一样的紫色甘蓝和白色甘蓝，到处都是剪成球形的小黄杨，在广东看，在大同也看，实在看腻了。我跟她打比方，譬如，杂志上翻到，昆明的一条大道旁种上了小麦，为什么不可以在建设中的城市道路旁种大麦？她微微一笑，不置可否。

有一年，机场路终于大修大建，浓荫蔽日的香樟下面，路的中间，做起了花圃，种上了挂铃樱花，而我总想着，倘若这些樱花都换成大麦、黄瓜、油菜花，是不是更能体现这一带曾经作为城市蔬菜之乡的历史？是否更能在城市保留一些乡野风情？是否更能带来视觉上的冲击而不再千城一面？是否更能尊重当地变迁时代农民对于土地深厚眷恋的感情？

香樟，跟其他树不一样，譬如法国梧桐，长到一定的年龄、高度，就会生出毛茸茸的果子。果子老了，风一吹，往下掉，追着人的脖子、领子、头发，痒痒的，难受。有一年，在南京大街上晃荡，满街都是梧桐果子粉尘般的毛绒，很担心一吸就钻进鼻子里。就想，还是杭州的香樟好。果然，一个下午，翻起报纸，就看到南京在砍梧桐树，就是著名的南京梧桐树事件。浓荫遮蔽的天空，突然之间，只剩下光秃秃的枝干，天空顿时空旷亮堂起来，那是一种怎样的感觉呢？我站在楼道里，拿着报纸，望着高楼近处浓荫遮蔽的香樟树，沉沉地想，突然忍不住觉得滑稽。

有一阵子，房地产广告开始打上“树要大，房要老”的宣传语，就想起从法国卢森堡公园梧桐大道下走过的感受。在水泥地面和柏油路面走惯了，那一刻，脚踩在碎石泥地面上，很是惊讶，想起小时候在村野奔跑的感觉。树木，高大浓密，巍然参天，空气明净，白云悠悠，十七世纪初玛丽皇后建造的皇宫自然是艺术品，人在艺术的世界里悠游，就像普通人到了中年，富足而有闲趣。等到在萧山机场下了飞机，道路两边都是简单而单薄的房子，枝叶小而细，车流似水，空气里涌动着繁忙的生机，就像看到一个奔跑着的年轻人，生活简单而前途无量。我想，我已经不年轻了，我住的地方，至少该有高大的树木才好。

于是，就搬到了城南，看上了这一带真实的老街。白白的高墙、黑黑的瓦片，木板楼毗邻的店面牵牵连连，一个挨一个。夜晚，在老街围墙内和院子里的主人聊天，知道了院子里有几间空着的泥木结构的老房，主人刚从澳大利亚回来，这是祖上留下的房产，兄弟几人，有的去了北京，有的去了上海，他走得最远。院角有一棵樟树，砖绕着它，砌成一道墙，和邻居分开，樟树的躯干生在他家，枝叶盛开在邻居家上空。主人老了，叶落却还不想归根，宅子空荡荡的，他就像回来看望一个亲戚。我坐在院子里，听他说道国内国外的事，抬眼一看，还是二十世纪七十年代的白炽灯泡，就像坐在童年的屋子里。这种感觉，在高快猛、富有张力与时速的当下，已经很难寻觅了。

一座城市，总需要一个饱含旧气息的窗口。站在窗口，向前，可以望到历史的进深，向后，能望到蓬勃的未来。

周末的午后，送孩子返校，驱车经过街道，两边是白色的高墙，墙外立着枝叶浓酽健硕挺拔的樟树，风呼啦啦一阵吹落，金灿灿的叶子，在空中纷飞漫舞，如雨点一般，簌簌落在车窗前。想起了大学时候园林老师的话：樟树在春天一边生长一边落叶。他的花店，梦湖花艺，在西湖边开了很多年。

阳光温暖，天空明艳，春日午后的景象，似乎就应该这样。

八月八，宝石山上听台风

台风莫拉克过境，我正在宝石山北麓山脚的梦湖花艺。雨落了一夜，稍稍歇了下来。地上湿淋淋的，凉鞋走过，后跟下拖过一串水珠。站在树下，雨珠滴答滴答掉落，在花伞上发出“嘣——嘣——”的声音。树干湿漉漉的，黑漆漆的，樟树叶子洗得干干净净，石阶越发清朗，山土更红润了。树梢上呼啦啦漾过潮湿的绿涟漪，声音转着圈儿四处游走。

住在城里，好久没听到风的声音了。

小时候，身处山野，到山上劳动，在松树下捡松毛疙瘩，扒枯黄的松针回家烧饭。那时候，天很蓝，风走过树梢，摇荡起阵阵松涛，如水波，弥漫山谷。因有这样的劳作体验，长大念到庄子的《齐物论》，看南郭子綦对“风”的阐释：“夫大块噫气，其名为风。是唯无作，作则万窍怒号。而独不闻之翏翏乎？”就能马上领会其意：风，就是大地的呼吸罢了。翏翏乎，风声悠长，大地吐纳之间，是能产生音乐的美感的。“前者唱于而随者唱喁，泠风则小和，飘风则大和，厉风则众窍为虚。独不见之调调之刁刁乎？”

这就是地籁。

拾级而上，台风天气，山径上没别的人，甚至，没有鸟叫。

风声清晰地越过耳鼓，呼啦啦，拉长着音响。沿着游人开辟的泥沙路，跟着一队游走的山蚂蚁，来到山腰，找一块石头坐下，静静闭上眼，听。有时，声音长长的，像妈妈在田野里唤孩子回家吃饭；有时，它“扑棱棱”飞过头顶，像鸟扇动着翅膀；有时，“呼”的一声，什么东西从头顶上一气旋到脚跟，像一个淘气的男童在河里扎猛子；有时，它悠闲，漫不经心，在树脑袋上稍稍撩拨，是亲密的呢喃；有时，它行色匆匆，从遥远的地方奔突前来，漫山的树叶如掌声此起彼伏……

想起韩国电影《春逝》，那个忧郁缱绻的录音师李尚优，和电台 DJ 韩恩素，在雪夜，来到竹林，录下风吹竹叶的声音，在荒郊的破寺庙，录下悬在屋檐下的风铃的声音。那声音多么清净美好，纯洁质朴得犹如两人心底潜滋暗长的悄悄的爱情。没有多余的对话，只有男主人脸上抑制不住的明媚单纯的欢喜，恰如，在大自然里，赤裸裸的不含杂质的风声。回到城里，风声消逝了，爱情也莫名其妙地随风而逝。

风，不仅可以听，在山上，也是可以看的。快到山顶，有一处破败的屋子，后面有一个蓄水的大平台。坐在上面，抬头，是树枝间青青的果子。果子在风中摇晃，秋天，它会变成红色，从枝头掉落。大风呼啸而至，老远就听得到阅兵一般整齐的欢呼声，树梢剧烈地左右摇摆，如沸腾的水，激荡起大的漩涡，倏地一声，猛然集聚，又突然四散开去，露出清澄澄、湿淋淋的天空。是交响乐，是《命运》，挣扎起伏。

录音成了工作，因为亲近自然，在穷忙的当下，几乎成了奢侈。平日里，无奈之下，只有买几张碟，暂时听听青蛙的呱呱叫唤，听听雨滴掉落水面，或在手机铃声里怀念鸡打鸣。一个雨夜，暴雨如注，在窗台上乒乒乓乓地敲响。我把录音笔放在窗台上，录下雨声，上下班的公车里，戴着耳机，慢慢听它，一天的紧张疲劳被浇得松松软软。

坐在宝石山上，那一刻，我的心宁静而遥远。不是陶渊明，做不到“结庐在人境，而无车马喧”，未能“心远地自偏”。我只是凡尘俗子，暂离了办公室嘈杂的电话铃声、蜗居锅碗瓢盆的敲打声，避在台风里，听听湿漉漉的清纯质朴的风的声响，放松一下紧张劳顿的神经。心底又冒起那个潜伏已久的愿望，如水面升腾起一个泡沫：什么时候能住在泥房子里，在门口掘掘菜地呢？

人生就像一个圆，曾经寒窗苦读，只为了离开故乡走进城市，如今，日思夜想、梦寐以求的，却正是儿时的闲耕生活。

这人生啊！

水泥的诗性

城市，曾经一度被比作水泥森林，坚硬、冷漠，留不下痕迹。因而，城市表情被理解为拒绝，缺乏温情。水泥是现代建筑的基本原料和元素，现代建筑绕不开水泥的运用。如何运用水泥，成为城市建设绕不开的话题。怎样使代表城市文明的水泥传递出人文关怀、美学表情？面对一幢拔地而起的建筑，是给这个空间增加更多的生硬、冷漠，还是诗性？全在于建筑师对水泥这种元素的理解与掌握。

安藤忠雄跻身于世界一流建筑师之列，正在于他思考并解决了“水泥的诗性”。他被称为“清水泥诗人”，成功地赋予了水泥以表情，以温暖，以关怀，使水泥抵达人心。“水泥”之前何以能加上一个“清”字呢？那即是说，水泥被运用得看上去清澈，不含渣滓，就像清水。他对水泥的诠释与运用，表达了他关于城市建筑的主张：城市可以是具有人文关怀的水泥森林。

这些年来，身居杭州，逐渐能看到不少世界一流建筑师的作品，这不能不说是一个杭州市民的幸运。二十多年前，良渚博物馆刚刚落成，那一带还是荒僻粗犷的郊区，而今已俨然成为人文气息浓郁的城市村落。

五月的一天，站在安藤忠雄清水泥建筑——良渚文化艺术中心（俗称“大屋顶”）面前，我想起这位大师的一句话：“一个建筑，应该是街道和城市河流上的一片池塘，是以天空为顶棚的房屋。”

在这位建筑师的概念里，建筑与河流、池塘这样的自然景观联系在一起。在一个优秀的建筑设计师看来，建筑永远不是孤立的存在，它必然和自然环境相融相生。面对大自然，建筑的姿态永远是低调的、收敛的，它是大自然身上的一串项链、一颗纽扣，是大自然的一件装饰物，它应该摒弃炫目、张扬与突兀。

建筑，在自然面前，呈现质朴、和谐的性格气质，这是东方美学关于建筑的表达。大屋顶生长在一片旷野之中，背景是连绵逶迤的群山，层层叠叠、色彩缤纷的树林涂抹出巍巍苍然的诗意。近景则是大片大片的庄稼地，油菜结籽，由凝碧凋零成枯黄，远看就像一幅油画。大屋顶西面的正门，正对着这大片大片的土地、篱笆与庄稼，构成中国乡村的田园情调。

隔着大屋顶建筑，庄稼地的东南面，是一条安静且并不宽阔的河流，两边的坡地长满野草。河水是绿色的。大屋顶就生长在庄稼与河流之间。安藤忠雄的建筑始终遵循把对自然的破坏降到最低的原则，周边的环境尽可能保留自然朴素的原貌。

建筑与它自身所处的环境，共同营造出一种意境。大屋顶与河流之间，种植着密密挨挨的樱花树。林木之间的甬道，由天然的黑色卵石、细碎的白石铺成。黑卵石路与白石子路，用的是日本园林枯山水手法。石子铺成的甬道，就像溪涧，在树林之间纵横交错，清静、纯净而洗练，是村野风光向现代建筑的自然过渡。即使是一小片园林，也能看出简洁不啰唆的营造手法，表达出现代园林的观感，与洗练、利落、现代的大屋顶相映衬和呼应。

站在园林中，向大屋顶望去，安藤忠雄建筑的个性化符号清晰凸显。直线线条、几何平面、单一色系，汲取了西方现代建筑的元素，呈现出干净、洗练的调性。但，既然它出自日本设计师之手，就依然能清晰辨识出浓郁的东方元素。譬如，大屋顶，即是东方建筑的特色，屋顶的覆压感使建筑与大地之间形成亲密的依附关系。然而，此处的大屋顶与西方现代建筑的挺拔、端庄融为一体，使建筑本身既符合东方的审美观念又拥有西方建筑宽敞、通透的舒适感。仰头看一眼屋顶，都是质朴简单的直线线条。屋角不是钝角就是直角，再就是30度与60度的锐角。整个建筑使用直角三角形的几何元素，无论是建筑之外的水池，还是门口通道、阶梯延伸处，或屋顶的明瓦，到处可以发现锐角与直角三角形几何元素的运用。这些三角形与正方形勾勒的落地大玻璃门窗相呼应。

大屋顶的建筑表面，一如安藤忠雄设计的所有建筑，用水泥方块构筑成大面积墙体。四方端正的水泥块状表面有四个打桩过的浅浅洞穴，这使得水泥表面呈现出原始建筑泥土夯筑的痕迹，令人联想到泥墙表面风蚀形成的麻雀窝。水泥方块之间露出拼接线痕，犹如古代版筑泥墙留下的线条。这使水泥这种当代建筑元素流露古老沧桑的意味。然而，无论是水泥方块块状堆叠的墙面线条还是小小洞穴的布排，都整齐、洗练而同时富有现代感。大面积水泥墙体表面精光润滑，平整犹如镜面，一如中国徽派民居对于石灰的运用，光滑表面呈现出石头的质感与时间的陈迹。即使才造好三年，水泥经过填充材料的处理，呈现出暗淡怀旧的沧桑色泽，使墙面看上去犹如苍老的岩石。水泥成了建筑无言的诗句。站在墙面前留影的人众多。

大屋顶虽然是现代建筑，但同样讲究东方建筑风水，讲究对自然光、风的接纳与运用。安藤忠雄的建筑，被他诠释为从大自然中切割出的空间，水、光、绿、风等自然元素的运用，使建筑与自然相衔接，净化身心，澄静思绪。大屋顶建筑的东侧是浅浅的大面积水池，风吹过，池水泛起层层涟漪。东方建筑中的水池，通常是方形与圆形，而大屋顶前的水池，是锐利的三角形，规整、巧妙而别致。正方形大平面玻璃落地窗和水泥墙从水中向上延伸，直至被屋顶“拦截”，使建筑本身显得峭拔而俊丽。图书馆落地大玻璃窗毗邻水面，坐在窗内，屋外是安静的池水、茂密的树林。站在池边，可看见窗内的人安静地坐在木椅子、沙发垫上看书，人的活动成为建筑动景。“以天空为屋顶”，此言不虚，屋顶镶嵌直角三角形明瓦，利于自然光的采集，抬头看屋顶，三角形图案又显得别具一格。建筑东、西和南面都建有通道，镶嵌方形玻璃门，风能自然地吹进来。

“我的任务已经完成了，这个公共空间的真正价值和灵魂，要靠良渚文化村的居住者一起来营造。”三年前，大屋顶落成的秋天，安藤先生如是说。

大屋顶正门墙面装饰着良渚玉器的徽标，传递着良渚古老文明的信息。曾经，这里是良渚文化的发祥地，拥有五千年的文明史，是一块古老的土地，而今，这里成为一个城市的重要组成部分，文明的挖掘、传承与延续，成为良渚村民的职责所在。而大屋顶就是良渚文化艺术交流的窗口。室内墙上挂着良渚文化村村民学堂课程表，音乐、舞蹈、绘画、设计、武术等多项艺术课程排得满满当当。村民制订了公约，内容涉及二十六条，大到垃圾分类，小到食堂吃饭要轻声细语、隔壁人家掉下来的衣物要及时归还等，彰显出良渚文化村村民的精神风貌。大屋顶的艺术活动，有来自上海的著名文人金宇澄的插画展、优人神鼓《时间之外》、凯乐会相声公社演出、松油弥太郎中国读者见面会暨新书分享会等，仅五月份的文化活动就多达十二场。人文艺术家们南来北往，颇有国际范儿。中国美院、读库、三联书店、大象点映、中国新闻社、豆瓣等许多机构都与良渚文化艺术中心建立了合作关系。

如果说，安藤忠雄创造了大屋顶建筑的肌体，那么，良渚文化村村民便为之注入了灵魂。当水泥弹唱起诗歌，大屋顶转而成了与自然相生相依的生态之物，它是活的，它会呼吸。

坐成一朵莲

不知什么时候，渐渐养成了习惯，每年夏夜，必然前往西泠桥畔，在那里微微静坐。不做别的，只静静对着桥岸两边高低错落的莲，嗅一嗅花香，等待沉沉的夜幕将自己层层包裹、丝丝笼罩。波光灯影里，白日的忙碌和喧嚣渐渐沉淀，一个人孤清清的，任自己坐着，坐成一朵莲。

西泠桥边，慕才亭还没有修葺成如今这般模样的时候，我就常坐在亭子的石栏杆上。那亭子，小小的，瘦瘦的，只能容五六人站在里面。柱子、栏杆、底座，用的都是粗朴的石料，仿佛一锤一锤从深山里凿出来，运到这里，镶嵌拼合。那粗笨的石料，居然使亭子有掠掠振翼的轻盈，好似一着薄衣素绢的处子，清瘦沉静，举目远眺，竟觉空茫，不知身在何处。

常常忆起那座亭。远远地看着就喜欢了，如爱恋一个女子，印在心底，潭影一般沉寂。与之关联的那女子，一说跳湖而死，一说病亡身故。总之是香消玉殒，不可追及，只徒然而生可念不可即的怅惘。“湖山此地曾埋玉，风月其人可铸金”，这耐人咀嚼的对子，注释的竟是一缕无迹可寻的魂魄。亭边上，那块小小的石碑，斜仰于地，素洁的颜面，朴实端严。

坐在石栏杆上，看暮色四起，氤氲于水面，左侧的桥面，亮起疏落的灯光，人影暗淡，影影绰绰。桥洞两边的莲，在潮湿的空气里，兀自静静地挤出水面，挺起高高的头颅。

那个落水的女子，一定不甘于千年的沉寂，不甘于弃芳华于一瞬。我坐在石栏杆上，看见她湿漉漉的头颅冒出水面，转过来，面对着我，于是，我看到，那一头湿乱的黑发下面，素洁如莲的容颜。

后来，自然，只好离开。旧亭不再，修葺一新，石料光洁，亭身阔气，钝重而显威仪。亭子里面赫然竖着一个梁祝大戏里妇孺皆悉的精光圆润的大坟。游人如织，纷纷举掌抚拭。那女子，仿佛已然转世投胎，身旁一派嬉闹杂俗的光景。

只好避开，躲到桥对岸，荷花深处的空谷回音地，远远地看她。过客们伸出手，抚一把千年的脂粉香，欣然离去。空荡荡的亭子，栏杆尽弃，没有人可以留下来小憩片刻，没有人留下来，真正地陪伴她一小会儿。一如踩踏在她十九岁青春里的那些艳客，即使是心生爱恋的那个骑着青骢马的郎，最后也拂袖而去。于是，投湖。于宁静中医疗自我的伤痛，纾解这俗世繁华带给她的哀伤。

坐成一朵莲，为着这历经千年的私语。这私语自然从未断过。“野木横分青草陂，谁埋玉树与琼枝。湖边山自向人绿，村外柳今何处垂。行雨行云均是梦，施朱施粉未相宜。一从蕙死兰枯后，刚道桃花好面皮。”宋人周紫芝行经这里，客人告诉他，是那女子的墓，他便曾有这样的私语。只是，那时候，荒草蔓生，村野的景象罢了，不过仿佛倒更契合些。

坐成一朵莲，在每年那些潮湿的夏夜，倾听她离开沉寂的水底，泅渡千年的水域，泅至我面前，悄悄浮出水面。我看到一朵莲，在月下盛开皎洁的容颜。

我的心底于是有一个声音念道：好，苏小小，终于等到你。

西湖香市

杭州，有两个必看的点，孩子去动物园，大人就去灵隐寺。

去灵隐寺，一般是看各种佛像石雕，在山径岩壁之下，爬爬石阶，看溪流淙淙，在浓密的树荫下乘乘风凉。灵隐寺，在青年人的心中，只是一处景点。满足了闲逛、消遣的心情，顺带走进寺庙，参拜一下大殿菩萨，求个平安！

灵隐有寺庙，从小生活在浙西偏僻山乡的缘故，我并未多去考虑寺庙存在的深层含义。我所生活的山乡没有寺庙，当地人不拜佛，拜的是树，古树。人们相信古树，但凡孩子有什么磕碰，难以抚养，就到树下去插两支香，认树作父母，这样，孩子常能逢凶化吉。等到孩子考学，希望他能顺利考取中专、大学，成为“公家人”，过上宽裕生活，光宗耀祖！浙西兴的是书院，譬如瀛山书院、朱熹著名的“方塘”等，读书人多，学佛的少。因此，从浙西来到杭州，看到街坊邻居们但逢丧事就念经、折元宝、烧纸钱，男人们组织乐队，吹奏丧乐，就觉得风俗迥异。

虽然生活在杭州，去寺庙的次数却也寥寥。一般是老家来了亲友，带他们去著名的灵隐寺游览一下。在杭州待着的前二十年，去灵隐寺的次数也只有两次，无非是钻钻石洞，摸摸石雕。一次，进门就看见地上躺着个巨大的卧佛，是新雕刻而成的。另一次，是从后面的老和山倒路下山，未料进了灵隐寺。

但，这只是浙西山民的认识。灵隐、天竺，是杭城周边香客们每年朝会的地方。桐乡一带的蚕娘，为了祈求一年的好收成，常组成烧香队伍，一支支朝着杭州进发。她们的打扮，一般都类似，一身乡下衣服，背一个同样的老黄色烧香袋，头上用红毛线扎一朵花，把一个黑发卡别在头上，为了来大城市有个辨认，不至于走散。每年春天，这些蚕娘农妇来杭州烧香，如蝴蝶一期一会，成为一道风景。这时候，是她们来杭州放风享受的季节，是她们辛苦了一年来体验花花世界的时节！这便是西湖的香市！

生活在杭州城东，也看到多座乡民自搭的小庙，农妇们尤其热衷，每年地皇菩萨节，路上都能看到妇女们插的香。“香市”，是底层农妇们聚会的所在，“轧闹猛”（凑热闹）的时光，大家你一言，我一语，能得到些快乐，是妇女们的精神寄托！

然而，这一代不曾上过学的妇女们正在老去，但逢丧事，年轻媳妇一见要请和尚、尼姑、道士念经、烧纸钱，摆上多少桌豆腐饭，扔掉几千块花费，就头疼。对于年轻人来说，各种树葬、花葬等简易、省钱又有利于生态的丧葬方式更受欢迎。时代的移风易俗，是潮流所致。

身居杭州，不免受身边同事的影响。一天，一个女同事送给我一个石佛挂饰，她跟我说：“你有什么心愿，或可去寺庙拜拜！”于是，春天，我就带着孩子去天竺寺，跟人潮涌动的灵隐寺相比，天竺寺冷清很多，票价也便宜。从中天竺去上天竺的道中，有条幽僻的小路，一边是茶叶地，一边是小溪径，带着孩子去拜佛，其实是为了踏青。这时候，孩子和我就像出了鸟笼，来到了大自然，在山下边跑边吹着清风，采采野花，玩玩溪水，一身热汗，酣畅淋漓！有那么五六年时间，我们每年都到这里踏青，一年刚好逢着世界佛教大会在杭州召开，这灵隐寺和天竺寺之间的路上，是三三两两着布衣袈裟、拉着箱包、拿着手机，风度翩翩、相貌俊逸的僧人。

又过了些年，去天竺寺的路逐渐得到了修整改造，竟然开辟出一家家佛家商品门店来，多是些佛珠、菩萨像、香，也有小茶吧、面店、咖啡馆，与灵隐寺大门口相较，却更宁馨精致！天竺寺的寺庙都经过了修整，又在“小西天”处开辟出了杭州佛教学院，招收的学僧，有本科，有硕士，佛寺俨然成了一个重要的学术殿堂，而不再是走投无路者的栖身之所！

偶尔被人拉去听过几场佛教讲座，对佛经的讲解，听不懂。看佛书，翻去半本，不知所云。看一些佛经故事，不能相信。与佛，持有深远的距离。但佛教故事里的几句格言，却常深以为是——“一日不做事，一日不吃饭”“饱食终日，无所事事，难矣哉”“该吃饭吃饭，该睡觉睡觉”“用志不分，乃凝于神”。一座寺庙，最能考验僧人学佛精进之力的，我以为是扫地，扫地是个最粗浅的行当，我们通常把初进山门的小僧称为“扫地僧”，可是，假使不具备佛心，便是这扫地的小事也干不好，空念了许多精深的佛经。去过法喜讲寺，感慨于寺内的素朴清洁，整理得干干净净、一尘不染，僧人的念诵声朗然尘外。

大约先天缺少慧根，佛经，我看不懂也念不下。我以为普度众生最好的，是一本薄薄的册子——《菜根谭》。那些拉我去寺庙、让我学佛的人，我想，大体是让我学点佛，也写点善文，我能写什么呢？将一本《菜根谭》整理成人人看得懂的故事，这大抵就是我所能做的佛事了！

裙裾生香

女人都爱穿着打扮。柜子里永远少一件衣服，似乎天经地义。

萧红饿着肚子，望着窗外鹅毛大雪中房东太太披着锦缎裘袍，不消说，心里是艳羡的。张爱玲穿一身清代宫廷衣裳去拍照，不消说，骨子里张扬着贵族的傲气。英伦王室凯特王妃出场，一身套裙穿了几次，国民眼睛都紧盯着。明星还未下飞机，穿了什么衣，拎了什么包，搭配得怎么样，报纸上就轰轰烈烈讨论个够。

女人心中，衣服之事不可轻慢。少年时，穿苹果绿背带裙去做客，被女主人索要裙子用作孩子服装的样式，而我总是忘却，直到她设计了两身裙装，让女儿穿到我面前，才想起自己的马虎。这女主人从此抱有成见，以为我是多么小气的姑娘。

服装关系到身份地位，饱含社会信息。一部服装史，就是一部社会变迁史。《红楼梦》里王熙凤出场，那雍容华贵的装束，令当今的读者都惊叹封建贵族的豪奢，真是繁华又富丽。二十世纪七八十年代的国画画作，上面的村姑穿一件最普通的的确良衬衫，也让人觉得妩媚娇丽。不同的时代有不同的审美标准。

物资缺乏，一身蓝布袍的年代，听人议论一个准新娘的待遇，说男方出手阔气，置了几身衣服，春夏秋冬都有得穿了，听得女人万分羡慕，新娘在众人眼中也似乎平添了几分贵气。一身蓝布袍，也没掩盖掉女人对美的追求。对美的执着，可以缩小到细节，女人总能絮叨出款式的差异，譬如盘布纽扣的种类，葡萄扣、扭珠扣、蝴蝶扣等，不下十几种，不同的扣结传递不同的风情。

看"二战"片，即使在战场上，女人们也穿裙子。有资料说，因为战争导致物资匮乏，买不到长筒袜，女人们于是发明一种笔，直接在大腿上画一道竖线，用以代替袜子的叠缝。这文章让我乐半天，怪不得影片中战场上的女人，一身土黄军装，依然俏丽动人。

世风辗转变化，中国人的三十年，活出了人家的一百年，真是沧海桑田。二十世纪九十年代逛杭州大厦，常发现两种人——年轻精致的女人和上了岁数、模样粗鄙的女人。两种女人都一掷千金，刷价格昂贵的金卡，消费起来眼睛都不眨。大厦里，看的并不仅是衣服，更是世道人情。

有的女人出场必名牌，言必称香港、巴黎，美容院里打磨皮肤，走出来香风习习。一个前辈曾告诫我，一支口红是对人的尊重。她是同种款式的衣服，要买红绿两件的人。只是，世界名牌通常是外国货，并不适合中国人的身材尺寸，女人们着一身西方名牌，却很难穿出莎朗・斯通、莫妮卡・贝鲁奇的气质，没办法，种族所限。

等到世界风尚流行棉麻质地，审美向远古文明回归，设计师于古希腊雅典文明的土壤里深耕，我们看到安吉丽娜・朱莉一身素白的长裙，站在地中海风的休闲建筑小院里。东方服饰亦开始回归，汉式的稚拙、宋代的素朴、明式的简约等，适合当今的时尚元素均被挖掘出来。大街上一看，人们的穿戴五花八门，既有汉代的襦裙、宋代的罗衫，又有民国的旗袍；有韩国款的套裙、日系的性冷淡风，也有西方的名牌。平民的布衣与错彩镂金的华服同时出场，不同的空间，隐约飘散着风格各异的衣衫味道。

穿旗袍的女人日渐增多，一逢聚会或活动，女人们裹一身旗袍就出场了。舆论也造势，为女人穿旗袍寻找各种机会和话题。譬如，高考，妈妈们穿一身旗袍寓意“旗开得胜”。说实话，我倒是看得有些糊涂。电影电视里，五四时期，女学生穿蓝衫黑裙，男先生长袍礼帽，旗袍与中山装混搭摩挲，觉得煞是美。可是，时间毕竟过去了近百年。这百年的历史，虽然是从旗袍岁月里走过来的，可是，毕竟经过蓝布衫、的确良衬衫、西方名牌、国内名牌，绕了一个大圈，又回到旗袍，这服装史该如何延续呢？

如果不穿旗袍，那么穿什么呢？在我看来，旗袍更适合北方的女子，身材高挑一些，穿起来有味一些。旗袍，是旗人的发明吧？旗人，是北方人。那么，身材玲珑的江南女子呢？历史上，每个朝代有每个朝代的经典款式，可以作为国服。时间发展到当代，我总以为，应该具有融民族性、当代性于一炉的国民服饰，彰显民族特色与气质。服装设计师肩头的责任，可谓重之又重。

一座城市的美，总觉得，在于建筑和服饰。建筑，是城市的外衣；服饰，是居民的外衣。两者的审美趣味兼而通之，就在于民族性与当代性的融合。唯其如此，才不至于满世界看起来，都是相同的房子、相同的打扮。

这让我想起两回经历。有一回，我穿一件从四季青购买的碎花丝绸连衣裙出现在北京地铁站，满街忙忙碌碌的年轻人，竟看不见一个与我相同穿着的人。那一刻，我深深地感知到我身上的地域符号——“江南”。有一回出游到埃及，一个北京女人指着我，对一个美籍华人说：“你看人家！”我穿着一件色彩艳丽的条格纱质连衣裙。我知道，我只是在一群人中，让人也感觉到了清晰的地域符号——“江南”——而已。

环佩叮当

在小餐馆吃面，餐馆藏于浓碧樟树底下。

斜对面坐一婆婆，身形消瘦，面容憔悴，穿一件黑色暗花衬衫，袖子捋起，露出两腕金玉镯子链饰，脖子耳朵金坠繁复。金饰佩戴多年，质地发沉变暗，玉镯表面起毛，却也通透可鉴。

对着她，暗地偷窥良久。

对婆婆的印象，是她经历粗粝生活，终拥有安稳富足晚年。像许多老去的女人一样，尚未真正衰老，就佩戴众多珠宝，只为告诉周围人，拥有安稳富足。

穿戴，具社会属性，是符号，传达丰富信息。

俗世社会，庸常生活中的女人，常常不能去除攀比心。年轻，比漂亮，比谁更美；嫁人，比富有，比爱人体贴；中年，比气质，看谁更尊贵；老去，比子女孝顺，比谁更富足。尽管，珠宝衣饰，尚或突兀于身体，成为招摇与摆设。

然而，女人老去，失却青春作为装饰，拥有珠宝，总是快意之事，仿佛行至人生最后，需要一个稳妥厚重的总结。

珠宝，因珍贵而需珍爱。珍爱珠宝，就是珍爱身体，珍爱年华。

想起电影《喜福会》。三个老华侨相聚，一起搓麻将。年轻时光的艰辛打拼并没有磨蚀生命的优雅。即使居家围坐，也穿戴整齐，满身珠玉。

珠宝，因贵重，适于储存，带给女人安全感。

旧时，遭遇变故、家道衰落的女人，常靠典卖珠宝延续生活。凭借年轻时的好婚姻、遭遇的好男人，以支撑年老色衰后的凄凉人生。储蓄珠宝，是一个女人对未来生活充满憧憬、有所期盼的暗示。穿金戴玉，似乎都是为了将最好的容颜交付给一个可靠的男人，当男人负心，再多的珠宝也黯然失色。于是，杜十娘怒沉百宝箱。

女人受到男人的爱护与诱惑，常以珠宝为媒介。

泰勒又一次步入婚姻，丈夫将宝格丽祖母绿珠宝赠送给她，作为信物。因为贵重，珠宝所传达出的信息，常发生错误，有时甚可夺命。王佳芝从麻将桌上阔太着装中，生出对珠宝的敏感与喜爱，最终，一款戒指让她分不清诱惑与爱，丢失了性命。

珠宝，是女人的语言。

当女人老去，对珠宝的兴趣与日俱增。年轻时并不觉得，时光荏苒，便如广告词，认为它“岁月恒久远，一颗永流传”。渗透人体气血与汗渍的珠宝，无论金、玉，还是珍珠、钻石，伴随暗沉老去的时光，光芒逐渐隐隐四射，仿佛穿越暗褐纱帘，光线由幽微逐渐耀眼。

贴近女人身体的珠宝，或带入棺木，伴随灵魂去往西天世界，或用于传承。人们发掘墓穴，从贵妇身体取下金银玉器，分析她的身份与生前生活。生命仿佛第二次被开启，供人阅读与探索。作为考古发现，珠宝渗透穿越光阴的气血与汗渍，是生命跨越时光的见证。

珠宝是一个女人的体面。

女人拥有随身物件，传给后世女人，是身为女人应得的尊严。作为生命在时间河流中有所沉淀的见证，时间愈久，愈珍贵。亲人早逝的孩子，总将一个家传的玉佩挂在身上。如《乱世佳人》中的郝思嘉，从外祖母手中接过耳坠、金链条、黑宝石金钏子、石榴石镶的金别针。

童年，戏台观红楼，女演员走过，环佩珠钗，艳丽夺目。少年，邻居有大盒珠宝，孩子扮演戏子，穿戴身上。初嫁，婆婆将一个家传银戒交给我，虽不值钱，但时光沉淀，是一番心意。母亲却没有珠宝传承给我，于生命可说是一种遗憾，于是，也给她采买戒指项链，亲人结婚时，还购买金镯赠送。终要做婆婆，于知天命之年买下几样金饰珍藏，以便将来送儿媳妇。只觉得，于年长的女人，这是一种本分。

想象年老后的自己，羞惭于当下的马虎。因一些经历，放弃装扮多年。这一刻，仿佛意识在身体里苏醒，有个声音告诫自己，即使身体衰老，即使一无用处，即使明天生命就要结束，也该好好珍爱自己。

珠宝，有人爱玉器，有人爱珍珠。

古人多佩玉。人们常说，玉通灵性。当遭逢祸事，玉器先自碎裂，灾祸以通灵方式预先警告，玉以自身消亡替人免除灾难。天子垂珠以听，诸侯鸣玉以朝。玉器，多是身份、地位、品行的象征。《诗经》描写君子身边的贵人，谓之“副笄六珈”，笄是簪，珈就是玉，看起来满头珠光宝气。

古人也喜珍珠。“头上倭堕髻，耳中明月珠”，说的是罗敷。

西方女人，谈论妆容，离不开珍珠项链。戴安娜说：“女人假若只能拥有一件珠宝，必是珍珠。”一本叫《优雅》的书中，热娜维耶夫·安东丽·德阿里奥夫人说：“每个女人衣橱中不可缺少的佩饰，就是一串珍珠。”

看T台上的女人，挂硕大耳坠与颈链，裙裾生香，环佩叮当，心下曾羡慕不已。待驻足小店，反复比较，却只喜欢小坠子，尤喜珍珠，小小一点，弥散微弱荧光。诸暨一带，多产珍珠。灵隐寺外，珍珠铺面鳞次栉比。过了而立之年，常驻足赏玩，购买小珠，也时常丢失，反复采买，无非珍珠两三粒，相同款型、相同质地与颜色。

李渔说：“一般女人，家常佩戴的耳坠，愈小愈佳，或珠一粒，或金银一点，俗名丁香。”

要说女人穿着打扮，最为脂粉香浓、绮靡奢华的时光，从唐开始，到了西蜀《花间词》，便到达顶峰。《长恨歌》里，贵妃“云鬓花颜金步摇”。西蜀经济繁荣，女人浮艳绮丽，甚为妖娆。“双鬓隔香红，玉钗头上凤。翠钿金压脸，寂寞香闺掩。玉钗斜簪云鬓里，裙上金缕风。扑蕊添黄子，呵花满翠鬟。”金闺、绣户、珠帘、锦帐、翠衣、罗带、钗翘、云鬓、蛾眉、香腮……

在我看来，那是女人最繁华富丽的时光。

同为楚地，战国时代的女子，却朴素茁壮。屈原描写湘夫人，以白芷、汀兰、薜荔、蕙草、椒芳、杜衡为饰物，而玉玦却是男人佩带的饰物。

到了明清，经过理学思想的过滤，浮华之色渐渐淡去，简朴素淡之美受到崇尚。满头珠光宝气，只能使人感到丑陋。“满头翡翠，环鬓金珠，但见金而不见人，犹之花藏叶底，月在云中”，浪费了好容颜。

李渔谈女人，闻香识色，却也以为，戴珠顶翠是束缚，是痛苦。女人的一生，该与花相伴，用花装扮发髻，白花为上，最忌红花。一簪一珥，便可与女人相伴一生。富贵之家，多用金玉犀贝，贫贱之家，宁用骨角，勿用铜锡。

这毋宁说是追古之风，崇尚简朴自然。

一如当下。

在李渔看来，女人享用珠宝，万勿多时，只可一个月。这一个月，就是做了新嫁娘到满月卸妆为止。古时女人出嫁，满月之后要归宁，艳妆盛饰足可安慰父母。归宁，是回娘家，穿戴齐整，珠光熠熠，只为明示父母亲人，在夫家得到恩宠。

这一刻，珠宝的意义，是安慰，是尊严。

刘兰芝被休，离开焦家，“鸡鸣外欲曙，新妇起严妆。著我绣夹裙，事事四五通。足下蹑丝履，头上玳瑁光。腰若流纨素，耳著明月珰。指如削葱根，口如含朱丹。纤纤作细步，精妙世无双”。

这里说的不是打扮，是一个女人的尊严和知礼。

在我的生命里，第一次谈及首饰，是将要步入婚姻。嫁人，是女人最盛大的时光段落。母亲将钱交给我，说：“买个宝石戒指。”然而，那时年轻，以为有比宝石更重要的事。身边，女人聚在一起，多谈论嫁后遭遇。年长女人问：“可曾得到老三样？”老三样，是指戒指、项链、耳坠。一个面容姣好的女人，谈及手上价值不菲的钻戒，露出胜利微笑，为了从婆婆手中得到它，想尽办法。

第一次搬家，遇到新邻居，年长女人以检审目光看着我，说：“你身上什么都没有。”始知，嫁了人，与做姑娘毕竟不同。婚礼穿旗袍，为自己采买老三样，光芒四射，都是水钻，藏在红盒里，搬家多次，再未穿戴，终于不知去向。

于陪伴孩子的忙碌中，年岁逐增，渐渐为自己购买首饰，各种材质，只消与衣着相配。对于珠宝的价值观，一如李渔的告诫，一两样，随身佩戴，足矣。

多次看到满身珠玉的女人，谈及珠宝昂贵的价格，告知采买地，香港、巴黎、意大利，张扬富有，骄奢之情溢于言表。

我以为，这是对珠宝的不敬。

人当有惜物之心，惜物，就是与物对话，通物性。物亦有物的语言。倘若只因昂贵而惜，当作炫耀资本，如同趋慕富贵而疏离贫贱，丑陋苍白之心昭然。爱珠宝，当爱它与身体衣着的体贴、亲密与对应。若无此心，常会戴错珠宝。身体不能与珠宝相合，乍看去，项链绵亘脖颈，耳坠凸闪发亮，醒目的是珠宝自身，反衬暗淡容颜。

广告中的曼妙女子，身上饰物尽可能少。众人皆知，真正的美人，莫若清水芙蓉，清净简约，自身就是无价之宝，无须一物装饰。

寻常日子里，老女人的歌

住在河边的小宅里，经常听到老女人唱歌的声音。

那些时刻，或在下午，或在傍晚，我躺在窗边的长榻上，窗外是凤凰木稀疏的枝叶。老女人的歌声，伴着清风，从窗纱外一阵阵渗进来，绵长而又细悠。我的身心蓦地宁静了，眼望向窗外，河边那些细细密密的绿叶，缀满了天空，于是，觉得，天下的光阴，就数此刻最是美好。

年轻的时候，喜欢跑来跑去。夜半，坐着火车，拉着孩子，在上海剧院附近那些浓碧参天的绿树下奔跑，只为了看一场演出。及至后来，钱塘江边也造起了剧院，冬日的下午，迎着寒冷的北风，从城东穿越到城西，去购买两张音乐会的票子。演出结束了，暴雨倾盆，打着伞，拉着孩子，在空无一人的大道上，不分东西地打车回家。

舞台上的音乐，像一个装束整齐的贵妇，她风姿绰约，身姿曼妙，你买了昂贵的票子，只是为了一睹传说中的风采。也有激情四射的乐队跑来杭州演出的时候，那些涌动着青春热血的年轻贝斯手、电吉他手，突然就从舞台上冲下来，在过道里，和人握手。

音乐，是一种奇妙的东西，瞬间，距离拉近。我们只是第一次看到他们，从剧目表上了解到他们的歌曲、他们的名字，突然之间，因为音乐，我们就走到一起了，与他们同声嗨舞起来。

这些，都是年轻时候的音乐，都是凝重的、激情的、正经八百的音乐。

音乐，是用来消磨时光的。

一次，听一位中央音乐学院教授的讲座，他说：“人生那么漫长，退休了之后，还有那么多年光阴要度过，你不爱音乐，那干什么呢？你过得不无聊吗？”的确，一边抹着桌子、地板，一边放一曲小娟的《红布绿花朵》，曾经年轻的日常时光，就是这样度过的。那时候，住郊区的房子，门是春天的绿，地是亚光的黄，小娟那山谷里的布谷一般空灵的声音，在屋里飘荡。这样一个下午，家具都抹得干干净净，泛着亮光，我在书桌上铺下一点纸，随意地涂上几笔，看一眼陶罐里的油菜花，觉得，春天的下午，就该是这样。

年岁逐增，不再有跑剧院的冲动了，春日的下午，更愿意窝在榻上的被子里，斜躺在靠枕上，翻两页古书。翻的书跟人一样，随着年纪变化而变化，年纪越长，越亲近老人的书。年轻人的书，《你好，忧愁》就在枕边，翻了小部分，就看不下去了。纸面上青春骚动，气息浮荡。喜欢看宁静的书，使人归于平静的书，不见波澜的、老实的、安静的文字。譬如，看安妮宝贝沉静着调子诉说素年锦时；看龙应台缓缓地拿着木梳给妈妈梳头，看着爸爸穿过马路；看池莉絮絮叨叨地表达对孩子的爱。都是流水一般的家常琐屑，仿佛家中用久了的器具，一双木筷，一把扫帚，一个衣刷……

这时候，我不知道放什么音乐好。放小野丽莎，那就该泡一杯咖啡，坐在卡座桌子边，就像在书吧里一样。放恩雅，就该抱着头，仰躺在大床上，眼望窗外蓝幽幽的天空。可是，如今，更多的时候，也不再喝咖啡，也不再眼望蓝天，也不再骑自行车到郊野乱窜，捎一把野花回家插瓶子里。

年岁渐增，终于将怀了多少年的少女心一点一点地磨蚀掉了，在岁月里，在风尘里，在人与人的遭遇之间，在看着孩子一日一日晃荡到鼻子跟前的时光里，在母亲仍然不能放心的目光里，在无数次叹息声中……终于一点一滴地磨蚀掉了。于是，翻遍大大小小的乐碟盒子，居然不知道听谁的歌好。于是，在榻上的被窝里，像一只入冬的猫，昏昏沉沉地睡。

这时候，有一个下午，就传来了老女人的歌声。那声音，细细弱弱，像手工织布机上那些飘忽不定的丝丝缕缕的线，绵绵长长，悠悠荡荡。我听不确切那是怎样的歌词，也许是方言吧，但是，歌声里，拉拉杂杂地绵延着那无限的悠闲，那阅尽沧桑之后的淡定，那无所事事的自在和知足……

我以为，是隔壁那位八十九岁的老太太，啊，八十九岁，我见过她一眼，陷在一把破旧的藤椅里，瘦骨嶙峋，眼神清淡。她凝望着门前空地边那些翠绿的蔬菜，几枝摇晃在风中的零落的蔷薇。她全身素净，衬衫外罩一件米色的旧背心。是她唱的歌吗？看遍人生、走过坎坷后的歌，是上帝能听懂的歌，那样悠闲，自在，无我，无谓。

后来，老女人死了，我才知道并不是她。那天早晨，花圈在门边排开，摆了一地。一个也很苍老的女人，据说是她的女儿，和一个同样苍老的男人，据说是她的儿子，他们说着话，他们的脸上没有泪水，他们和邻居攀谈，都说，是喜丧。寿终正寝，就是喜丧。老女人是去年搬进来的，她老到这个年纪了，还要独自有个自己的屋子，不愿意死在儿女家，就为了寿终正寝，在自己的屋里去世。屋边，有一棵粗大的广玉兰，枝繁叶茂。我站在树下，屡次凝望那扇在时光里斑驳暗淡的木门，想象门前藤椅里，那个苍老而宁静的灵魂，像一缕轻烟，无所遗憾地走了，就像飘至天空的老女人的歌声。

而后，歌声却依然持续，那个清清淡淡的声音依然传来，在我午后的困梦中，将我缓缓叫醒。我望着窗外的凤凰木，望着那些细细碎碎的树枝、小而密的叶子，将它听完。

这些平常日子里的事，让人觉出美好的，有越南老片《忘情季节》里那些采莲的老女人们，被生活的艰辛磨砺去秀色的女人们，依然唱着那美好年华里让人忘情的歌。没有任何伴奏，咿咿呀呀的歌声，真真切切、干干净净地从嗓子里流露出来，就像苍茫静穆的秋天的山峦，山脚的一泓清泉，汩汩流淌。

在西湖边的凉亭里，听年老而花哨的女人唱歌，似乎离开了舞台后恋恋不舍，对着麦克风和游客，中气很足。也在社区里，看大妈们自带音箱，一边扭动腰肢，一边跳起广场舞。可惜，热闹嘈杂，不能入心。更厌倦的体验，是剧院中听交响乐，身边的年轻女人居然发出了鼾声。音乐中的寂寞，通常就是这样。你在说，我听不懂，或者，没有心思听。你的声音摸不到我的心门。

第一次感受到老去的女人的美：不事雕琢的，不敷任何色彩的，普通的劳动的女人的美。她们剪着齐肩的发，别一只黑发卡，皮肤黝黑，衬衫暗旧而宁馨。她们的眼神，平淡而入定。日常，她们洗衣做饭，在菜地里拾掇叶片，早上，拎一个竹篮，去菜场，傍晚，拖着孙子站在家门口聊天。

有一天，我在门前空地的横杆上晾晒洗好的衣服，楼上的窗推开了，一头银白的发探了出来，一段歌声飘了下来。我停下手中的活儿，对着那扇窗，沉默良久，仿佛看到二十年后的自己。

于是，对着她，我默默地舒展了一下容颜。

雪　湖

雪　晴

栅

亭　台

风　荷

拱

吃茶馆

杭州的茶馆，分两类，一类面向高端客户，是谈天说事的地方，小包厢，客人面对面坐，絮絮而谈，叫商务茶馆；另一类面向普通市民，是吃喝享乐的地方，一张张桌子摆在中间，众声喧哗，俗称吃茶馆。

杭城最早的茶馆，恐怕是市区街面及郊区镇街那些老头儿老汉们的集聚地。二十世纪九十年代刚工作时，我曾在笕桥街上见过一家。坐茶馆的都是农民，老了干些什么呢？简易的茶馆里，一个大搪瓷杯，一毛五分钱，长条凳，围着一张四方桌，也没什么吃食，就是热茶，开水瓶就在桌上，喝完了自已倒。但茶馆里生意好极了，老汉们一坐大半天，就为了凑一起，聊个闲天，热闹开心。那时候，还没有老年活动室，也没有足够的养老院，老头儿们扎堆儿挤在茶馆里，为的是驱走寂寞。

杭州作为六朝古都，到了明代后期，城里曾一度兴起过瓦子场，就是供市民看戏的地方。旧社会，有钱人家家里唱堂会，请戏班子，经济条件一般的市民挤瓦子场，坐在场子里，围着个戏台，一边看一边喝茶，再弄点茶点，如豆腐干、笋干丝儿、黄豆粒儿等，还有各色糕点，如绿豆糕、云片糕、芝麻糖、花生糖等，各类丸子，如藕粉丸、豆腐丸、肉丸等，应有尽有。乡间则爱看社戏，乡下人也自己组建戏班子，吹拉弹唱，一样也少不得，样样拿得起。乡下人一年忙到头，看个社戏，抱个茶杯，一边看，一边喝一口。

二十世纪八十年代末，未注意杭城有无茶馆，那时，流行香港歌曲《红茶馆》："红茶馆/情侣早挤满/依依爱话未觉闷/跟你一起暗暗喜欢……"每每在舞厅里放，人们随着这"茶馆"带来的"靡靡之音"蹦嚓嚓。

渐渐地，杭州就流行起茶馆、咖啡馆来了。

十五年后，杭州西湖边最著名的茶馆叫青藤茶馆，乍一听这名字，想起绍兴的青藤老人徐渭，就是民间传说很有名的徐文长，是个放浪不羁的画家。等到杭州城里传出茶馆主人的传说，才知道是两位杭州大厦的女职员，志同道合，下海经商，开启了一番事业，成了杭城流传于百姓口头的传奇女性。我去"青藤"，当然是为了吃。最早的辰光，38 元每客，除了一杯青碧的龙井，各种茶点，总有五十来种，任意吃，吃撑了走人。不出几年，提高到 58 元一位、88 元一位。而后，大约是为了满足杭城的商人雅士、高端客户，等到我坐在茶馆里采访女主人的时候，"青藤"已经开出一家商务茶馆的分店，和几个女同学坐在茶馆里小聚会，128 元一位，一杯清茶，几样茶点，很精致，有格调，处处透露清静简约的意味。杭州茶界名人阮浩耕、王岳飞等，都给予悉心指点，青藤茶馆就成了杭州践习江南茶文化的实践场所。六公园一带的湖畔居是高档茶馆，平日里吸引一些白领在此喝茶聊天，价格稍稍再高一些，大玻璃窗外就是湖水，清波骀荡。阮浩耕等数位茶学专家曾经在这里演习一场茶宴，希望将古画里官贵雅阁、文人雅士的宴饮生活仿制到现实生活中，这大概就是如今上城区在致力求索的带有宋韵的生活方式。

吃茶馆，因物美价廉，迎合了杭州人爱享受小乐惠的心理，常常宾客盈门。除了青藤茶馆，当时杭城颇负盛名的还有体育场路的心源茶楼，在建国路设有分店。还有其他不知名的茶馆。城东凤起路也开有吃茶馆。靠近吴山广场的和茶馆却是一家适合清谈的商务茶馆。如今，杭州的茶楼不少，网页上有排行榜。听经营茶楼的主人说，茶馆营利讲的是翻桌率，一个茶楼，就那么几张桌子，看着宾客爆满，假使客人吃上一天，就是赖着不走，那么，茶楼就赚不到什么钱。这大概又是吃茶馆这些年逐渐减少，而环境雅致的个性化茶馆增加了的原因。

河坊街也有几家清静的茶馆，门面不大，很适合三两友人小聚。尤其是下雨天，看巷子里雨淅淅沥沥，馆内的茶却煮得烫烫的，别有一种温暖在里头。

柳浪闻莺的茶馆临着湖面，宽敞的玻璃窗，室内狭长，贴着灰砖装饰放置一张张茶桌，古色古香。市作协有时候就在这里搞活动，举办年会，会员们聚一聚，互相见个面。我也曾在这里招待两个旅途中遇到的北京客人，并不熟，她俩吃了楼外楼和外婆家，就邀请她们到柳浪闻莺吃茶馆！三个人在湖边泡一下午。客人中，一个移民纽约，她说："住在西湖边多好啊，要是我，哪儿都不用去！"此时，眼望窗外，清波浩荡，远山霭霭，西湖真叫干净。

确实，能在西湖终老，是人生多么快意的幸事！

风箱馄饨担

怀孕三个月的时候，我满城寻找风箱馄饨担。可是，未寻着。

按说，我的老家千岛湖也是没有风箱馄饨担的，但二十来岁到杭城念大学，就在文二街与教工路的十字路口边上，一个夜晚，我完成了某个兼职，急匆匆地赶往宿舍，却被一挑风箱馄饨给迷住了！

我那时想，这馄饨担是从什么地方挑来的呢？莫非来自遥远的北方？

那时候，杭州城还远没有如今这样辽阔，军训的时候，我们穿越城西，沿着文二街往西大约不远的路程，就是杭州师范高等专科学校，再远去，就是田野了。那时，城东的小商品市场还未兴起，穿过环城东路的贴沙河，就是一大片一大片的菜地，三堡、九堡、下沙，都还无踪无影。1997 年，三里亭才新建了小区，卖 1700 元每平方米。因此，1991 年的那个夜晚，文二街十字街心的灯光是迷离而朦胧的，披着暗淡而清凉的夜色。我们这些学生被这馄饨担散发出的气息吸引，三三两两地将这馄饨佬儿给团住了。

风箱馄饨担，一头是铁锅子，一头是呼哧呼哧的风箱。馄饨佬儿在铁锅里倒入清水，就在下面的炉子里加入木炭，呼哧呼哧地拉动风箱。水沸了，加入裹好的馄饨，不一会儿，飘着葱花和虾米香味的一碗风箱馄饨就端到你面前了。

读者往往会不解，不就是一碗馄饨吗？如今的馄饨店满大街都是，有什么好稀奇的，值得你满城找？

真是夏虫不可语冰，我只能说，我是吃过这风箱馄饨的，你没吃过，因而没有发言权。现今的人们再也难以品尝到那种薄如蝉翼，如同一只只晶莹剔透的金鱼，漂浮于沸水中的，美丽如花的馄饨了。

风箱馄饨，是手工擀皮，那皮是半透明的，皮薄而阔，肉馅小，只一粒，这馄饨下到沸水锅里，那蝉翼般透明的馄饨皮便漂浮招展开去，像一尾尾金鱼的尾巴，并不像今天馄饨店里笨拙、硕大而饱满的馄饨，跟饺子无异。风箱馄饨，盛在碗里，馄饨一只只漂在水面上，看起来精致而轻盈，皮滑溜口，虽然是一只粗瓷大青花碗，但满碗清香而玲珑，犹如月下观鱼。何况又是炭火炉子煮出来的，飘着淡淡的红红的炭火香。

而如今的馄饨是什么样子？机器打出来的，全都一样大小，足有几毫米厚的钝感实沉的馄饨皮，包着一大勺厚厚的肉，即使是开着连锁店的吉祥馄饨，也是如此。皮薄如蝉翼的风箱馄饨消失了，彻底告别世间，满城找不着了，犹如一代远去的手艺人。

如今的馄饨之所以盛行，大概是因为实惠，瞧，皮这么厚，得多少粉啊？肉馅这么多，你不赚便宜吗？有的吃，还瞎指摘！

我只能检讨，我不是个贪实惠的主。

这滑溜溜的半透明的、舒张开去、荡漾在水面的风箱馄饨，看着美，入口香——我是来吃“馄饨”的嘛！在我的心底，这才是馄饨，不是饺子一样的馄饨，更别说厂家生产的速冻馄饨。

逛到河坊街的时候，看到武大郎烧饼担，大家都觉得惊喜，游客更当成一景，买了饼，还得跟武大郎合个影。武大郎虽然是小说里的悲剧人物，但在河坊街，在如今这种新时代，生意做得有模有样，饼卖得比别处都贵。“武大郎”打扮得沉着端庄，是个殷实的小商人，满脸洋溢着幸福。

我就想，要是这些旅游景区也能有个风箱馄饨担，让这皮薄如蝉翼的手工馄饨再次得以呈现，也让游客感受一下前人的厨艺，那一定也是一种怀旧的享受吧！

晏快边荡荡儿

杭州人把傍晚叫作“晏快边”，意思是说，天色已晚，快要黑了！晏快边，是杭州人晚饭后散步的时间。

住在城南，晏快边荡荡儿（散步），是一件惬意的事体！

同学毕业之后去北京，说起对杭州的印象，说杭州就像一个大花园。利用假期，走南闯北，也曾去过别的城市，但能像杭州这样使人安定于绿植空间的城市并不多。都说上城是杭州最繁华精致的城区，商厦小铺鳞次栉比，街市人流繁华喧闹。尤其吴山街与中山御街一带，白墙面、黑屋顶的临街铺面一个挨着一个，民国风情的洋楼交错其间，经过建筑大家王澍的规划设计，拾掇得别有风情、独具韵味。从早到晚，石板溜溜的巷子，都是挨挨挤挤的游客。不光外地人，就是周边居民，也喜欢到街巷下个馆子，喝杯咖啡，泡杯龙井，嗑包瓜子，抿口黄酒。

我总以为，不到吴山和御街，不到西湖，就感受不到杭城旧日的风情。

鼓楼外的街面，长长的，有十多米远，傍晚时分，灯火灿烂了！穿过对面人挤人的饮食店，穿过城楼的廊洞，就是御街了。荷花塘的对岸，总有居民载歌载舞。向左拐，沿着御街通向北，可以走到河坊街。因为人多，我常常往西边的大井巷走。一家小茶吧的门前，长着一棵大树，每年五月，枝叶撑开了，垂下串串白色花穗，浓香馥郁。树下放一张玻璃小桌、两把小藤椅。通常，我拎着一罐茶，就在藤椅里一坐，抬眼瞅着深藏在巷子中间天幕上的月亮，看眼前年轻的情侣奔跑，小店人群进进出出，像鱼儿觅食。坐上一阵，看够了灯火，再起身继续往前走，走完大井巷，来到繁华的河坊街，逆着人流向前，向前。人流渐渐稀了，吴山广场上那“吴山天风”四个大字，也看得熟了，再向前，七八分钟，就到柳浪闻莺了。

傍晚，华灯初上，鼓楼一带，密密挨挨的店面外，是两溜儿小摊贩，各种各样的小吃餐饮，也零售小商品。长着稀疏胡子的艺人，精瘦的手捉住毛笔，在丝质扇子上涂抹点染，一把扇子，二十来块，卖得不贵。各种棉质的、丝绸的短衫长裙，画上一枝梅、一丛兰，甚或一朵菊、几只翩翩起舞的蝴蝶、一汪清冷的月亮，往摊后的长绳一挂，就等着游客讨价还价。这些衣物的质地与做工，并不怎么精细，故而价钱也廉美。然而，到别的城市，却未必就能看到这许多。

古旧的事物，哪怕有些破损，也自有它难以言说的韵味。对地域而言，照样如此。因为历史的痕迹、时间的烙印，这或许也是旧货摊、古旧市场受人喜欢的原因。河坊街上有一家小店面，主人是一个女人，年已不惑，骨骼粗大，头发稀疏，她穿一身毫无亮色的布服，脚趿一双鞋，春秋是绣花鞋，有时是球鞋，甚至解放鞋，夏天就趿一双男人鞋。在狭小的店铺空间里，她自己做饭，和所要售卖的商品，几本破烂小人书，三两面油漆掉落的镜子，几卷土粗布，吊在墙壁和空中的模样粗大、样式简单的衣服，以及一系列零零碎碎、叮叮当当的老旧玩意儿一起。有时，就见她端个粗大的碗，坐在阴暗角落里扒拉着饭食。看上去，她自己也仿佛成了一件旧物，散发出和小店、和所售商品相同的气息。

只有城南能看到这样的小店。

晏快边，有时也散步到太庙广场。夜晚，广场上都是人群，跳舞的最多，中老年妇女的广场舞，最受欢迎，西边、东边竟有三四支队伍。晚饭后，健身锻炼，跟着舞蹈老师大跳广场舞，心情愉悦，离居民区有一条街的距离，也影响不到居民，因此，大妈们乐在其中！另有一支跳交谊舞的队伍，则大爷们乐于参与其中，女客多于男客，也比大爷们年轻一些。大爷、大妈就这样乐在其中，整个广场充斥着中老年男女的欢声笑语。

广场不大不小，人群广溢，在这里做生意一定不错。曾经逛过国货路一带的夜市，那是一个收藏品夜市，我在地摊上买过写着字的老青花粗瓷中药罐，年代久远的“丹凤朝阳”木雕挂框，以及一些碗、首饰之类。摆地摊，很能吸引中青年人，成本低，也有过得去的收入。只是，国货路地摊已经消失很多年了。那么，经过管理，在适当场合允许摆设地摊，是不是给底层人一点生计的活路呢？如果广场四周摆上一圈，也许能吸引人气，也未定呢！当然，夜摊也要有特色，不同地方形成某类商品的集中地，多年之后，形成影响力，如北京老早的琉璃厂、南京夫子庙的旧书摊一样。

再踱到察院前巷，却是一片宁静的月色。除了一幢幢灯火人家，还有低矮的墙门建筑，里面住着老居民和外来租户。虽然外表整饬，推开门看，风景却各不相同。有年轻人租下了其中一两间，装修成很有风格意蕴的时尚小店，养个猫，卖二手货，还有低低的顶层露台，原来是一对情侣，看着他们来这里创业，安享城市生活，真好！这里的墙门房子，应该是杭州城最老的民宅了，迎合年轻人追求与众不同的心理，这仅仅是开头，说不定，再过两年，这里就成了年轻设计师驻扎的地方，一家家新颖别致的门店在这里产生，一个怀旧又时尚的南城根儿，就此诞生了呢！这与这一带传统的广场大爷大妈风情自然很不同，城隍根儿下，毕竟寸土寸金啊！谁不稀罕这地段儿！

鉴于胡庆余堂对面的德寿宫博物院在建，不消两年，这里恐怕就风景迥异了！晏快边荡荡儿，感受到的将是完全不同的景象！

素常

踱

“民不能忘”

鸟 笼

小咔吧

胡庆余堂

葱包桧

墙 界

杭州的船

船，在中国，是一个意象。

“人生在世不称意，明朝散发弄扁舟”，是忍受不了权贵排挤回归山林的李白之船；“亲朋无一字，老病有孤舟”，是战乱号啼之中饿死了幼儿的杜甫之船。“舳舻千里，艨艟斗舰千余只”，是曹操兵临赤壁之船；“风萧萧兮易水寒，壮士一去兮不复返”，是为燕太子丹刺杀秦王的荆轲之船。“寄蜉蝣于天地，渺沧海之一粟”，是人生洞达者之船；“舟止，从其所契者入水求之”，是拘泥教条者之船。“孤舟蓑笠翁，独钓寒江雪”，是机谋隐士之船；“春潮带雨晚来急，野渡无人舟自横”，是在野幽客之船。“窗含西岭千秋雪，门泊东吴万里船”，是春风得意的豪士之船；“只恐双溪舴猛舟，载不动，许多愁”，是懵懂少女之船。“随着她们那些船儿荡，随着我们这船儿荡”，是秦淮河里的脂粉伶人之船；“惶恐滩头说惶恐，零丁洋里叹零丁”，是零丁洋中罹难名将之船。“今夕何夕兮，搴舟中流。今日何日兮，得与王子同舟”，是越女之船；“沉舟侧畔千帆过，病树前头万木春”，是楚士之船。“主人下马客在船，举酒欲饮无管弦”，是离别之船；“乡愁是一张窄窄的船票，我在这头，新娘在那头”，是团聚之船。

杭州有湖，有江，有运河，又在江南水乡。杭州，古时称为余杭，又作余航。按理说，杭州是一座柔媚之城，江河港汊，迂回曲折，小船木舟，泛于水上。位于湘湖的跨湖桥遗址，出土的8000年之前的“中华第一舟”，印证了杭州钱塘江两岸先民的渔猎生活。这是杭州与上海的不同。有人说，杭州为什么不学学人家威尼斯呢？好好的一条浣纱河，被筑成了路。但就有人回答，上海周边，苏州已经是水乡风情，杭州再学苏州，就显得多余。“上有天堂，下有苏杭”，杭州与苏州相较，到底还是不同的。苏州，地处平原，胜出的是园林，拙政园、网狮园、留园，以及“沧浪之水清兮，可以濯我衣；沧浪之水浊兮，可以濯我足”之沧浪亭等。而杭州，却多山，杭州的神奇秀丽，山川环绕，山水相依，其明媚清丽的自然风韵，“从富阳至桐庐，奇山异水，天下独绝”的富春山居图，哪里是其他城市能比拟的。

距杭州不远，绍兴也有河沟港汊，接待游客，摇的是乌篷船，长年以来，杭州是见不到这种“旧毡帽”朋友的。嘉兴一带，盛产红菱，采菱船一定不少，盛夏过了，秋风未至，杭州却可采莲。“江南可采莲，莲叶何田田，鱼戏莲叶间，鱼戏莲叶东，鱼戏莲叶南，鱼戏莲叶北”，说的就是西湖的夏天。偶尔，也有捞鱼船，那是西湖鲤鱼太多了的时候，一条条大黑鲤鱼，被扔置岸边，几块钱一斤，贱价卖了，这光景只在报上零星一见。柳永的词里，西湖曾经“鲈鱼堪脍”，而今，楼外楼的杭帮菜名肴换作了“西湖醋鱼”，用的是鲤鱼。

杭州的船，西湖里最多。原先有几条红色的龙舟，听说专门用于接待贵宾，是官贵云集的所在。那龙舟雕梁画栋，仿佛水上平添了几座阁宇楼台，于山水相环的朦胧背景中，缓缓驶过，是一种风韵。

西湖里所见最多的，是青年们出游的手划船。素日里，一排排停在湖边六公园一带，红的、绿的、黄的、白的，五彩缤纷，是杭州西湖的一景。划船的多是来杭州念书工作的青年，只消花百十块钱，就能过一把水上泛舟的瘾。

游客一般不选择手划船，泊于水面的小木船上，有船娘在岸边等着，只消出点儿价，就能稳稳地坐在船中，一边喝着船娘泡好的小龙井，一边享受着瓜子、果脯，看着船渐渐离开繁华的城市，车水马龙的声音逐渐消失，向宁静的水中央深深地渡去。水波在船下流淌，但并不寂寞，徐徐的微风中，远远的还有几艘小木船，上面也坐着言笑晏晏的游客。

游客也好，青年也罢，他们要去的地方，是三潭印月的湖心亭、阮公墩、平湖秋月、花港、浴鹄湾、茅家埠这些地方。沿西湖西进，苏堤、白堤、杨公堤下的几座桥逐渐打通，游客们还能从一个个桥孔穿过。春深花暖的日子里，一座座花岗岩堆砌的石拱桥就像油画一般色彩斑斓。一波碧水层层皱褶，船从桥洞下过，一丛红意夺目的醉芙蓉就立在前头，于是，在杭州生活数年的青年，到西湖里划过几回船，心中便涌现出无限的诗意，成了一个吟诵“雅洁的蝶儿/薰在蕙风里/他陶醉了/想去寻着伊呢”的湖畔诗人。于西湖泛舟之时，再遇着等在生命季节里的恋人，那便是人间不可言说的美好。这份美好，可遇不可求，是人生难以言说的福。这清福与艳享，只能在西湖遇到。

于是，杭州是个适合恋爱的地方。传说梁山伯与祝英台在万松书院求学时谈起了恋爱，离万松书院不远的玉皇山脚下、清波门一带，长桥曲曲折折，述说着“十八相送”的故事。游客来杭州，青年来求学，必然到断桥去静静站一会儿，北望宝石山上玲珑如一根秀笋的保俶塔。一年四季风景不同，春天，漫山是青碧的秀色；夏夜，灯火映衬下，则似一块碧玉；秋日，北山杂驳的阔叶林在红黄绚烂中起舞，簌簌有声；冬雪，万籁俱寂，大地展露着留白的底蕴，正似一幅黑白的木刻版画。

杭州，如此好，不来西湖谈一场恋爱，实乃人生的莫大遗憾！

来西湖谈恋爱的前辈很多，大抵离不开这一汪深情的湖水。孤山的林逋，与梅、鹤谈恋爱，一叶扁舟，一壶薄酒，一弯新月，一生散淡。苏东坡与琴抄谈恋爱，虽然一个是出家姑子，可再严苛的清规也抵不过这山水的柔媚，两人望着湖里的船，感叹一声，是心动还是幡动？这是偈语，常人看不懂，常人看到的只是姑子作为一个女子，心动了。西湖东岸有西湖琴社，素日琤琤琮琮的，就是香雅女人"轻拢慢捻抹复挑"的古琴古筝声。石屋洞边，是胡适与曹诚英同居之所，惧内的胡适，何其薄幸，同居了三个月，还是未能给曹诚英一个名分，害得曹女空守一生！西湖多美女，杭州名媛王映霞，没能挽留住撰写"毁家日记"的性情文人郁达夫。西湖风月，天下尽知。

杭州的船，不只西湖里有。城市东扩，西湖边的英语角消失了，新"千禧"之后，类似"鹊桥会"的国际婚恋组织，在钱塘江里放了游轮，专门为当时兴起的"海归派"开办高层次男女派对。与钱塘江上的游轮相较，西湖里的船显得古典，泛着诗词里的旧色。"海归"们是不作兴这种"心动"还是"幡动"的，"海归"男女，大胆热烈，既不婉约，也不羞涩，爱上了就要喊出来。今天，钱江新城就是一个英雄驰骋的国际舞台！莲花座上群英会，大胆、直接，有啥说啥，提条件摆要点，一二三四，简单明快，不是鸿门宴，无须三重门，这才是国际范！

至今，还没人在运河里泛舟谈恋爱。运河里行走的，常常是沉重的装载船，吃重的船舷低低地贴着水面，缓缓地行走，一个个船老大就在船尾生火做饭，过的是水上漂的日子。春天，曾坐夜航船去苏州，两岸是豆花、麦芒地，水上飘散着淤泥的气息。河里的水，经过这几年的治理，清澈了不少。上过央视的杭州名摄影师章胜贤，曾经租了一条船，在运河里漂了一整年。

隋炀帝开掘运河，是为了将权力延伸到江南，而后来运河的作用，主要是从南方运粮、运盐，如今运得多的，恐怕是沙石。一条贯穿南北的运河，曾经发展起“漕帮”这样的行业与组织，盐业、粮业究竟如何运作，关系到一国的国运。《戏说乾隆》里，乾隆数次下江南，操心的就是这事儿。运河里走的，是劳苦大众的船，偶尔，电视的戏说里，我们也看到真正的龙舟驶过。《红楼梦》背后，作为江宁织造的曹家，曾经接待皇上多次。皇上从帝都来到江宁，就是南京府，但皇上的恩宠最后也未能改变曹家“树倒猢狲散”的命运，出家的出家，从伎的从伎，“呼啦啦似大厦倾，昏惨惨似灯将尽”，荣国府管家王熙凤，最后的命运是一卷薄席裹尸而出！没了根深叶茂的大树，何处再去乘风凉呢？因此，年成不好，少粮缺盐的岁月，龙舟垂下的幕帘后面，乾隆的脸一定“帘卷西风，人比黄花瘦”！这也是北宋败亡、人过中年的李清照的写照。她一路带着四十多箱金石收藏，兵荒马乱，宝贝也失散殆尽，流落逃亡，恐怕也坐过运河里的船，顺水南下，客居金华，无奈做了失意的暮年寡妇，茕茕独立，形影相吊，吟诵而出如此凄凉的诗句。林语堂小说《红牡丹》里，清末的官夫人牡丹，一开场就披麻戴孝，死了掌管盐业的官人，在运河的船里与朦胧初恋的堂兄翰林擦肩而过，最后的归宿却是河埠头耍枪弄棒的拳师。

曾经一度淤塞的运河，前几年，死了不少鱼，鱼尸层层叠叠，浮于水面。如今逢着“五水共治”，沿途不少地方都在整理“大运河文化”，拱宸桥附近早开了运河博物馆、刀剪剑博物馆。

杭州的上城区如今是运河的尾端，污水处理总厂就设在运河与钱塘江交界处。运河两岸，塘栖一带，拱宸桥、闸弄口两岸，已经开辟出游埠道，沿途两岸做了景观改造，成了市民休闲之所。两岸延伸的河道里，多了环卫工人捞捡垃圾的船。杭州落实河长制，一条河，三层巡视，此功贵在持久。从端尾到拱宸桥，早就开通了水上巴士，也有爱水的上班族，坐船上下班，享受慢生活。河边居住的人群，也能享受到船的便利。

这些年还湖于民，西湖边高档餐厅、咖啡馆、牛排馆、小酒吧消失了，曾经与景相映衬的香艳浓奢风貌不再，富丽堂皇的华侨饭店边开了一家平民超市，时刻叫唤着“包子、快餐！”这样的广告，总觉得不甚协调。曾经作为西湖一景的手划船，换成了清一色的蓝色铁壳船。接待游客的船多了，看上去色调陈旧，清一色的绍兴男船夫代替了船娘，有的还戴着毡帽，站在湖边接客，满嘴绍兴方言。龙舟反倒多了几艘，只消五十元就能上船，船板被踩得有些破损，失却了当年贵气精致的气象。大约已是冬季，游船的生意非常冷清，绍兴船夫们不是坐在船里，就是站在岸上闲聊，一口家乡话。

湖边多了成群结队的大叔大妈，懒散闲坐，看上去，生活滋润，心情舒畅，也爱打扮，涂脂抹粉，也乐于表现，吹拉弹唱，自娱自乐，但你很难说，他们形象优美，他们表演的是民间艺术。我竟然担心，在这么美好的环境里，他们会不会拿出一副麻将、纸牌来。

在“美，成为不可或缺的竞争力”的当下，让杭州市民美起来，打扮有气质、举止有风度起来，提升与这座城市景观相适宜的文化修养，迫在眉睫！我们有那么多社区学院、群艺馆、文宣队、文化站，可是大众文化艺术不是扭秧歌，就是广场舞。许多人对广场舞有意见，我倒认为在不影响市民休息的前提下，大爷大妈们自娱自乐，饭后健身，也是一种积极的老年活动方式。当然，年轻的新一代却已经发展到在虚拟世界里度过空暇了！这种“宅”起来的娱乐，到底如何与有助于健朗身心的户外活动结合起来，还需要多做探索。

欧洲的街头艺术值得借鉴。我曾粗粗游览过一个瑞士小城，节日里，社区交响乐队一齐奏响优美动听的乐曲，市民自演自导，只消在街头一站，就自顾自开始表演，并不需要舞台，完全沉浸在自我创作的欢乐里。我能看懂的几个节目，有《老人与海》《花仙子》的模仿秀……幽默而富有创意。这些演出道具丰富，都是市民自己精心动手制作的。譬如，四个男人表演《老人与海》，他们粘上了胡子，把自己打扮成佝偻的渔夫，扛一根长棍子，棍子下面挂着一条条纸糊的逼真的大鱼，老人“嗨哟嗨哟”做出负重前行的动作，让人有如身临其境。而另一家四口则扮演花仙子，父母打扮成美丽的大花卉，两个孩子更像绿叶衬托的小花朵。“理查德”的鞋子做得特别长，很夸张。一架纸糊的钢琴，里面放一个播放机，表演者陶醉在夸张的弹奏里。这种节庆活动，整整一条步行街都是人，他们并不收钱，也不比赛，没人打分，只有电视台来拍摄，市民们完全是自我娱乐，陶醉在艺术的海洋里，整座城市就是一个优美、欢乐的艺术乐园。虽然，他们的城建很一般，大多是三四层高的老房子，小石块铺砌的街道，湖上也只有一座并不富丽的廊桥，但人们徜徉在市民创造的童话世界里，游客被深深吸引和震撼。

我们的步行街，也看到有男人把自己打扮成济公、唐僧等形象，但那修饰、扮相不够专业。也许，艺术表达是剧院里的事，这是大众认知，也是讲究内蕴含蓄的中国人性格所致。那么，市民能不约而同都乐于参与的户外活动呢？譬如花朝节、看灯会、赛龙舟等传统节日庆典举行的时候，能不能组织像样的合唱团，可以在一边助兴，也可以培养市民的音乐素养，让有音乐特长的人发挥一下作用！地铁、桥下、街头、巷口，为什么没有音乐艺术院校的学生摆摊赚外快呢？这至少可以增添这座城市的艺术气息！艺术从高雅馆阁走向民间，年轻人是主力！

一座城市，关键的是市民的精神面貌、风度气质。

杭州的餐厅

一个面容姣好的女同事，在孩子未出生以前，曾经发下宏愿：假如生了女儿，就每个月带她去一次杭城最高档的餐厅！

在这位女同事看来，要培养一个女孩的礼仪、气质、风度，需要实战训练，那么，最高档的餐厅就是场所之一。如同高级俱乐部的男人必须打高尔夫、骑马一样。女同事在学校教授公关礼仪，将职业精神转化到对女儿的培养上，似乎也理所应当。作为拿普通薪水的同事，我脑子里不由替她算一笔账，一年十二次去杭城最高档的餐厅，需要多少花费呢？

杭州最高档的餐厅，我脑海里过滤了一遍，在哪些地方呢？拿着普通的薪水，鲜少考虑过这个问题，这时，不由引起了我的兴趣。

于是，一个暑假，我获得机会去香格里拉饭店做销售，每天中午在香格里拉餐厅用餐。一个打扮曼妙的来自台湾的女性高管接待了我们。我站在铺着红地毯的会议厅接受集训，每天围着电话忙忙碌碌，然后穿过花廊去餐厅。当然，我们是享受不到高规格的用餐的，但一个月的体验，好歹摸清了这个高档饭店的环境，红地毯、绿布餐桌、雪白的餐巾、鲜花环绕。脑海里想，香格里拉饭店，应该算得上杭州的高档餐厅吧？

过了些年，某次开完会，去马可波罗饭店吃海鲜自助餐，各种鱼片、刺身、鱼子、海螺、鱿鱼等，盛在雪白的冰雪之上，扮饰着绿色果蔬的雕刻，确实香艳诱人。餐厅里暗红的餐桌台布，垂着深绿的罗幔，一群人悄声细语，很有些国外的风情格调。此后，我还在这里两次遇到一个本城著名画家带着家人用餐，看来是常客。我想，这应该算是杭城比较高档的餐厅吧！

当钱江新城雨后春笋般崛起，开元大厦上开出了旋转餐厅，这是让人觉得神奇的事情，食客们一边吃着大餐，一边随着餐厅空间旋转，每每享用片刻美食，再抬头时，窗外的景观已经变换。我有幸跟随有机会享用的人登上悬在天际的餐厅，看到杭城“暝色入高楼”的苍茫夜色。各种海鲜食材非常丰富，应有尽有。暮色中，窗外的钱塘江一片苍茫，吃到一半，旋转到城市这一面，就见到满街流光溢彩的灯火！来旋转餐厅用餐的以年轻人、中年人为多，声音稍稍有些热闹，不似马可波罗。

又有一次，稿会完毕，被一个穿着民国时期长衫的人张罗去吃饭，一行人穿过花港里的曲桥花径，来到一间布置在湖水汀洲上的雅室，满满一桌山珍海味，尤其是做工精细、考究的糕点，难以形容，竟然不忍食之，心中深深惊讶这巧夺天工的手艺，尝了一口，以为是人生饮食享受之极致。

我想，杭帮菜饮食之精，可能在全国都算得上首屈一指。中华民族的饮食文化，举世皆知。曾经在西安享用过饺子宴，一个饺子一种馅，一桌十来个人，百十几种饺子，竟然没有重复的。中国人在吃的创意上，体现出无穷的追求。

有一天，微信上，某人晒出杭州某家高档餐厅一顿饭的账单——60多万人民币，真是惊为天价！这是摘了月亮上的桂花呢，还是捞了海龙王的软足呢？是熊掌，是鱼翅？这么阔气的去处，我等自然无从消受！

其实，杭州的餐厅比比皆是。曾经有书专门介绍杭州的吃，比较闻名的是《杭州泡泡》。北到小河路上的院子餐厅、杭丝联创意工场的蜜桃餐厅、曾经风靡一时的江南驿、南山路的“7080”，以及外婆家、桔子餐厅、必胜客、海底捞、豪尚豪、绿茶、一茶一坐等大众化的餐厅，物美价廉，生意好得要排长队。还有专门的餐饮街——高银巷和胜利河。

知味观、楼外楼和奎元馆，都是杭州著名的老牌子餐厅。一天，在文澜阁看书到中午，踱去楼外楼，点了一碗片儿川，也才23块钱，比路边店还便宜。望江门的慧娟面馆也渐渐有了名气，一个桐庐人在微信里说，专程驱车两小时来望江门吃碗面，再心满意足地回去！

曾经过体育场路，抬头看到一家以鲍鱼为主题的餐馆，那时候还未有能享用鲍鱼的闲钱，带着妈妈、孩子，去九百碗点两碗面，便觉得是人生莫大的享受。于是，也曾立在车水马龙的街头，感到好奇，鲍鱼到底是啥味道呢？混到中年，终于跟着一群有地位有身份的人出去用餐，一桌佳肴之外，再添上一人一小盅，精致的白瓷盛着的，原来就是鲍鱼。还有一次，一人一条海参，这价格真不菲啊！

因此，对有钱人来说，杭州是个好去处，吃喝艳享、山水传奇，想要什么有什么。国人不仅在国内追求吃，还将这种吃之“好”延伸到国外，曾经参加一场家长会，一个出国考察归来的校长在喇叭里谈了二十分钟她在法国吃到的鹅肝！一张流传于网上的图片说，一群中国大伯大妈，杯盘狼藉，吃毁了一艘海上游轮的自助餐！

吃，还是要注意吃相，既然中国的餐饮举世闻名，那么，餐桌文化也显得异常重要！“好吃鬼”“饕餮客”在中国传统礼仪中总是贬义词！“注意吃相”，这是在一篇回忆三年自然灾害期间的文章里看到的周恩来对身边人的要求！那时，大家都空肚，吃得困难，有的干部调动工作，可以来接待餐厅白拿几支烟。在接待外宾的餐桌上，周恩来担心大家那吃相会遭外宾轻视，因此，让大家都保持端庄文明的吃相！而今，国家财力增加了，各种吃食应有尽有，我们还是要吃得文雅！

全国互联网大会后，偶然的机会，去了乌镇。一家小小的邻水简易门面，低低的屋檐，十来个平方米的空间，搁置着一张长桌，上面放着几件精致的瓷器。门关着，外面立着一块牌子，作为纪念——原来，几个国家的领导人曾经在这里用餐！非常简单！

毕竟是工薪阶层，平日里，接触最多的是平民。曾到一个市民家去，他家装修得不错，看上去，过得还算舒适。但是，当着我的面，他将油烟机下的储油盒取下来，把油慢慢倒入瓶中，看着震惊的我，他解释说：“可以炸油条！”他请我们吃肯德基，点了一份外卖，然后坐在一边，说：“你们吃，我不饿！”那是新世纪刚刚到来的光景。

鼓楼有个箍桶匠

这些年，国家大力提倡“工匠精神”，要我看，社会上各种工艺品，较之物质缺乏时代，其实是大丰盛了！各种色彩繁复、精工细雕的工艺品、装饰物，大到一幅围屏刺绣，小到一个核桃的雕刻，各种工艺，应有尽有。我深深感叹的是，艺术品的生产力真大大提高了！

究其丰盛的原因，是各种机械的发明。机雕、机绣、机磨，机器比人更灵巧，什么都能创造出来！我曾去过一个雕像加工厂，简陋的工厂里，一台大的电脑控制的微雕机器在一块粗笨的木料上“刺啦刺啦”发出切割的声音，只一会儿，一对秀丽的眉毛便栩栩如生地出现了！我始知，这就是各种工艺品丰盛起来的原因。

物以稀为贵，机器操作一旦普及，人们就开始稀罕手工，怀念手工，“手”是劳力，是血汗，机器没有感情，无须心血，手工劳动却是心血！“工匠精神”，说的是手工劳作的一丝不苟、精微细密！

缘何追求机器化、全自动，又走回头路，重新稀罕起手工劳作了呢？无非，生产力的大幅提高已经不再稀罕，物质的丰盛使各种商品布满大街，从生产力不足到过剩，人们经历了从无到有、再到泛滥成灾的过程，那么，今天，还需要那么多的机器创造吗？

机器化本来是解放劳动力，将人从无尽的劳作中解脱出来，使人们不仅生产需要的物资，而且还能得到充分的休息，可是，人的欲望是无尽的，对享受的无尽追求，使人们日渐好逸恶劳！加上政府刺激消费，对金钱的无尽追逐、肆意放纵，攀比享受一度成为社会风气！有女人们站在一起，比完鞋子，比完包，比完老公送的生日礼物，再比公婆给自己做的早餐，再比手指甲谁做得更漂亮，脸上、身上各种嫩肤保养的金卡要几张！

手工，追求的是双手的劳作，因为过去的年代，提倡“勤劳是美德”，而今，劳作是受人嫌弃的，人人逃避体力劳动，“享受是福气”的观点深入人心！曾经，因衣物不足，妈妈们手工编织毛衣，作家蒋勋说，他至今保留着妈妈为他编织的一件毛衣，并引以为荣。织毛衣是个技术活，也是个劳力活，我在大学时代课余跟着室友学会了编织，织围巾、手套、背心、毛衣，记得给父亲织了一副手套，他常常套在手上，逢人就说，这是女儿给他织的。初学编织，织得委实难看，但父亲一直引以为“暖”！

对手工劳作的再度倡导，其实是对人类往昔传统道德范式的一种怀念和回归！人心冷漠、人情疏淡，“手工”是真情的见证！一个工匠，靠手艺使人信服，才有生意，考验的是主雇之间的信任。那个时代的人，手艺就是一种信用，是谋饭吃的饭票！而今，各种匠不再称为“匠”了，而称为“工”，几个“工”，算几个工钱。“工”结束，人影不知去到何处。买的柜子门面好看，后面的衬板却是薄薄的三合板，几颗螺丝钉、齿钉，脱落了也得自己修。家里有一对赶时髦买的鸡翅木小桌椅，一到春天，就生出乌花。堂前一张赶时髦买的书画桌，古色古香，价格不菲，乌花几乎快生到桌沿。而父亲结婚时置办的一对箱子，就贴在地板上当茶几，那时候置办的橱、桌、床，没一样长毛的，都没用铁钉！

曾经，工匠人人都雇得起，农民打竹篓，做家具，都得请工匠，那时候劳动是生存之道，手工不很值钱！而今，条件一般的家庭也流行请保姆，钟点工也工资看涨，保姆提条件，住要多大，什么干，什么不干，人人都知道劳力是稀罕的！无他，劳力是精血灌注，日常劳动也成了稀贵的事情！

今天，“工匠精神”提高到精神文明的高度，因为“偷工减料”必然制造不出好物件。一次参观花木展览，很奇怪中心的展厅里居然置放着一批看上去非常精美的欧式风格家具，掉价大甩卖了，出口转内销！为什么这些出口发达国家的家具销不掉呢？拉开抽屉，敲了敲底板，又看了看橱柜的后板，哎呀，就是薄薄的三合板，枪钉头还露在外面，也不上油漆——以为外国人也跟咱们一样，只看表面啊？回头看一个专卖出口转内销商品的小店，都是些日常用品，连端锅子防烫手的器具都有好几样，有的从来没见过，鞋刷是前面也带毛的，可以触碰到最里面，更别说那种刀具钢质的优良程度了！商品对比，性能优劣，一见就很上档次，而且物美价廉！

鼓楼一带，仍然开着一家竹木制品店，主人是一个箍桶匠，店里挂着“杭州市优秀工匠”的招牌。他除了卖货，就在店门口刨刨、敲敲，里面堆满了各种手工完成的器具。我站在店里，摸摸这，看看那，真是琳琅满目，可是又想，这物件买回去用得着吗？譬如水果篮、菜篮、竹匾，今天，人们买菜不再提菜篮了，我买了一个，徒然放在柜子上当工艺品看。箍桶匠，在塑料桶尚未代替木桶的岁月里，是不可或缺的，挑水喝的水桶，装排泄物的粪桶、便桶，大到杀猪桶，小到洗脚盆，都离不开好的箍桶匠。箍桶，是一种不容易学会的手艺。用一些硬木板，算出能拼置成的弧度，在切割、刨制过程中，不能有毫厘谬差，否则就会漏水，这就是一门绝活！而今，箍桶匠还有几人？没有好的箍桶匠，各色木板再也难以拼合成一个无缝不漏的生活必需的器具！“材”就是“才”，靠着机器的旋转制成的陶泥，是很容易碎裂的，因为在制作的过程中，离心力使泥块甩将出去。没有了箍桶匠，再好的木材，也乏人制作，选材、用材、合理地切割、无缝地拼接，使其凝成一个同心圆的匠人，如今去了哪里？

离西湖不远，有条国货路，希望“中国制造”无论人也好，还是商品也好，都是一等一的好货色！你生产的产品、带大的“娃”，不要少了传统的“工匠精神”！

杭州的天气

气候变暖，生活在杭州，也感受得清清楚楚。

小时候，总觉得杭州一年四季分明。一到冬天，穿着母亲给我缝制的棉衣棉裤，背个书包去上学，要走四十多分钟，一路都是冰霜，我因此常常手脚冰冷。因为寒冷的缘故，走在柏油马路上，即使是一双棉布鞋，也发出很响的声音。秋天，草地的衰黄，也是可以清晰地感知的。郊外田野里都是桑树，农田割完稻谷，一片衰黄。法国梧桐也落叶了，一个个球状的果实还挂在树上。可是，一到夏天，温度也不低。家里还没买电风扇，邻居上海老太太家庭经济要稍好些，我们这些毛孩晚上挤到她家看电视，她家有电扇。晚上，我写作业，父亲拿了一把蒲扇，在桌子底下扇着，一是赶蚊子，二是替我扇凉风。我自然最喜欢春天，南山坡上总能采到杜鹃，栀子花也开了，还有含笑，飘散着苹果的芳香。

记得 1987 年那一年，杭州出现了异常罕见的天气。先是暑假里一场巨大的台风，将西湖边好几棵树都给刮倒了。人们议论纷纷，说，杭州从未有过这样巨大的台风，能将西湖边那些粗大的法国梧桐树连根拔起，那得多大的风力啊！那真是非同寻常的一年，到了冬天，寒假回到家，门口却积起了膝盖一般深的雪。杭州从未下过这么大的雪，家门口的路都完全被挡住了，只剩下几个深深的雪窟窿，那是很少的几个脚印。第二天一早，父亲就在门口铲雪，楼里的壮汉们，有三四个人一同铲，花了大半天的时间，终于在门前铲出一条路来。

二十世纪七十年代，有一年国庆节，父亲带我去西湖玩，突然下起鹅毛大雪。可是，到了二十一世纪，我在杭州东郊教书，一年，国庆节突然放起了高温假，高温持续，于是又补了几天假，这是印象深刻的假期。我煞是纳闷，这杭州的天气，到底是怎么了！

地理课，老师介绍昆明这座春城一年四季都是春天，心生向往。杭州的天气，一年四季逐渐不怎么分明了！秋天，马路中间的花坛里，依然鲜花盛开，芳草碧绿；冬天，也还能去植物园、灵峰看梅花；春寒料峭的正月，迎春花渐次开放了！一年四季都有花看，仿佛还生活在春天里。但许多年了，总觉得杭州的夏天是越来越长了，从五月提早进入夏季，女孩子们长衫换了短衫，一直到十月末，有时候一直要到十一月，还有秋老虎回个头，一年六七个月都是夏天，这是根据姑娘们的穿衣来判断的。

有一年，杭州与南京、重庆一样，都被列入了“火炉”城市。报纸上、网络上，人们质疑杭州的空调室外机是不是太多，影响了这个城市的空气热度。也有人质疑，城市建筑的布局是否合理，于是提出“城市风道”的概念，尤其是还提出了“海绵城市”的设想。新近还有一种崭新的意见，希望弄清楚建筑到底控制在多少高度以内，不至于对地壳构成破坏，众多铜墙铁壁一般的高层建筑，是否要注意参差错落，以免挡住自然风。有的建筑企业注意利用自然风设计楼房，九堡下沙交界地带，曾经出现过一种不用空调的恒温房，没有居住的体验，因而也不知道这种创新设计成功与否。

杭州是东部亚热带沿海城市，夏天，刮的是东南季风，钱塘江喇叭口子就在城市的东北面，出去就是东海，“风道”的设计与保留的确很重要！

木头西施

外地人来杭州，倘或在公交车上踩到了他人的脚，或者不小心妨碍了他人，此人一扭头盯着你，横眉竖眼，甩过一句："你个西施啊!"你不要以为他在赞美你长得漂亮，"西施"在杭州方言里，是一个骂人的名词，全称叫"木头西施"，就是木头木脑的角色。杭州人说话都是平舌音，"西施"发音是"xī sī"。

向来只在鲁迅的文章里听说过"豆腐西施"的，那杨二嫂张着两片薄唇，也算长得好看。西施是诸暨人，从小长在河边，常常在河边浣纱，估计也就是洗衣服，却被范蠡看中，经过培训，送给了吴王。待吴王栽了，勾践报了仇，传说中，西施就随范蠡泛舟而去，而范蠡也在大致山东一带做了陶朱公，成了著名的盐商。这是一个复仇故事，一个单纯美貌的乡下女孩，被物色、被动参与到如此复杂惊心的宫廷斗争之中，不是那么令人愉快的事情。因此，西施的角色，大抵听起来像一个传说中的仙女，事实上，只是一个受人摆布的木头。杭州离诸暨近，杭州有浣纱河填成的浣纱路，因此，老杭州人大概能深深领会做"西施"的不易，竟有了一句骂人的俗语："你个木头西施!"

童年，孩子们玩游戏，有一个游戏叫"木头人"，主持游戏的孩子会发出指令："一不许动，二不许笑，三不许露出大门牙!

一、二、三！不许动！”奔跑追逐着的孩子们立即站住，一动不动，谁动了就得认输。

杭州的孩子，竟然有这样的玩木头人的游戏，以及在老家也常听得大人的议论，谁谁谁很“木”。在浙江，“木”不是一个好词，指的是人笨，不够聪慧和灵光。

与“木”对应的，是“灵”，杭州人夸赞一个孩子聪明，往往说：“么灵光哩！”这大概也是杭州最好的寺庙叫“灵隐”的原因，仿佛在说，智慧和灵光需要深深隐藏。这大有大智若愚的禅意。

当然，等到杭州人彼此混熟了，成了你亲我骂、可以肆意开玩笑的朋友，也会用“西施”开玩笑。“你个西施啊！”这时候就变了味，成了亲昵的问候语。以前的老同事里，就有一对“哥儿俩好”，碰在一起喝酒，胖的总是笑嘻嘻地称呼瘦的：“你个木西施！”于是一桌人突然觉得放松起来，“哥儿俩好”大小在单位都担当着一定的职位，他们能这样彼此开玩笑地称呼，让底下的年轻人也觉得诙谐愉悦，营造了亲密的气氛。于是，大家也学了样，没大没小地喝起酒来。

等到在哈尔滨买了套娃，一看是一个个木头人形盒子，就想起杭州丁桥的一个宋木娘的传说。原来，“木头西施”在丁桥叫作“木娘”了！

好好的一个人，成了“木头”，让我联想到《剪刀手爱德华》。以前的人，成为“木头”，是因为穷。中年闰土，贫穷，多子，劳苦，加之战乱，成了木头一样的人；老年的祥林嫂，多次失去丈夫，又失去孩子，被主顾鲁四爷驱逐，流落街头，成了一个“眼睛间或一轮”“一动不动”的木头人。

虽然我生长在杭州，一向循规蹈矩，尚未被人骂作“木头西施”，当然，也不灵光，大抵是马马虎虎，算得上合格的社会公民。然而，活到五十来岁，终于一下顿悟到杭州人所骂的“木头西施”的真正含义：这就是“木头西施”啊！

虽然生长在杭州，我也从未以“西施”骂过他人，总觉得这句带有侮辱性的方言实在太刻薄了！在杭州做老师，是很容易朝成绩不好的学生叫一句“你个木头”的。今天，谁聪明，谁木，真看不出来呢！说不定倒过来，聪明的，恰恰是个“木”，而那守拙的，却恰恰是“机巧”的灵光人。

时代不同了，年轻的杭州人不再用“木头西施”骂人了，年轻人玩游戏，女孩们穿古装，扮仙女，玩 cosplay（角色扮演），扮公主。

“木头西施”，愿她一去不复返！

杭州姑娘么佬佬格美

杭州，一座温婉柔丽的城市，多少带有一点女性化气质。外地人一提起杭州，就会想到杭州姑娘，“杭州姑娘么佬佬格美!”这是我回乡下念书，听到的一位老师对杭州的印象。“么佬佬”是“非常”的意思；“格”是副词，“得”的意思。

要说杭州姑娘在长相上有什么特点，那就是“豆芽秆儿”多！来自陕西的女同事，身子圆滚滚，屁股实墩墩，她笑哈哈地打着比方：“看咱北方女人，要身子有身子，要屁股有屁股，能生娃，哪像你们杭州女人，一个个都豆芽秆儿似的!”话虽这么说，办公室一屋子杭州姑娘还是把这当作她的自我解嘲，毕竟T台上、电影里、时尚圈内的标准美女纤细颀长的多！谁愿意长成水桶腰啊！杭州姑娘要个子有个子，通眼一望，都不低于一米六几的个头；要腰身有腰身，“腰若流纨素，指如削葱根”！曾经的小小单位，就有“四艳”，“明艳”涂的永远是大红夺目的口红，“冷艳”抹的永远是黑褐高冷的口红，还有“一艳”早上起来，一对眉毛要画一个小时，另“一艳”，相亲一百位不止，为了祛除脸上的斑，阴天也得打个伞避免日光。

杭州离上海不远，杭州人拿上海人做榜样。上海人开腔说：“阿拉上海傃!”语气里透着傲慢，杭州就是“厢窝头”，杭州姑娘不甘心做“厢窝头”没出息的女人，一颦一笑都要学上海，那打扮也是要跟上的。杭州姑娘爱打扮，包里不塞上香水口红不出门。半个世纪过去了，杭州版图也大了十来倍不止，于是，商圈、生活圈一个挨着一个，各类衣饰名品店多了去，来福士、万象城、银泰、杭百、解百、遇见武林、丝绸城、四季青……胭脂香粉，坤包首饰，那是门类种种，各个价位，应有尽有。上到世界名牌，巴黎、罗马、东京的一流品牌，香奈儿、路易·威登、迪奥、华伦天奴、Kenzo（高田贤三）、资生堂、兰蔻、OLAY（玉兰油）、欧莱雅、倩碧……杭州本地也出产各种设计师和品牌，盛名在外的有都锦生、喜得宝、万事利、江南布衣、秋水伊人、红袖、十月妈咪等。杭州服装设计师也走向了世界，譬如吴海燕。

南宋定都杭州，从宫廷到民间，都非常重视丝织业的发展。天子三推，皇后亲蚕，男耕女织。作为历史悠久的织造衙门红门局所在地，杭州的工业起源之一便是缫丝业。丝织业，不仅有官办，也有民办，城东曾经就是机杼声遍地的地方，至今延续了“机神村”的地名。临安、湖州一直是桑蚕养殖基地，历朝历代得以传承。楼璹在宋高宗时期任於潜县令，於潜也就是今天的临安，深感农夫、蚕妇之辛苦，即作《耕织图》来描绘农桑生产的各个环节。而湖州、桐乡一带的桑蚕业，在民国时期变得凋敝，是茅盾创作农村三部曲《春蚕》《秋收》《残冬》的题材来源。丝织业历史绵长悠久，制衣业也因此发达，柳永都忍不住赞叹：“市列珠玑，户盈罗绮，竞豪奢！”

香衣华服的出产地，自然离不开美人款踏其间。各种各样的杭州故事中，杭州美人多的是：浣纱的西施、乘油壁车的苏小小、幽居的冯小青、十八相送的祝英台、寻觅爱情的白蛇娘娘、女侠秋瑾、郁达夫的妻子王映霞、胡适的恋人曹诚英等。故事里的一个个赶场走过，后来者踩着清风登临而至，等到我们在戏台上看到何赛飞、茅威涛，在电视剧里看到陶慧敏、如萍，然后是影星金莉莉、史兰芽、俞飞鸿、周迅、汤唯，主持人亚妮、朱丹、董卿……人们不由得相信，杭州确实是个盛产美人的地方。

外地人一到杭州，逢着能遇到美女的场合，便不愿错过。浙江艺校就盛产美女，到剧院去看学生演戏，一出出的越剧，舞台上粉衫翠袖，俏丽多姿。一次，正好在西湖边看到一群新选出来的“世界小姐”登舟上岸，以及一个蒙了一身黑纱的外国人经过街头，那印象，真叫惊鸿一瞥！

一度民间的演艺吧相当兴盛，“红磨坊”“金海岸”，跳舞的、溜冰的，美女比比皆是。龙翔桥、南山路都有香艳豪奢的浴场以供消费，报纸上一度大张旗鼓地介绍雅典奢靡的洗浴史。让人一度觉得，杭州真是越来越“香艳”了！

不要以为杭州女人长得美，又楚楚动人，人家就急着娶。曾在网上看到一个帖，说的是全国各个地方女人的特色，最彪悍老辣的是湖北女人，最辛劳持家的是福建女人……说起杭州女人，则是上得厅堂却未必下得厨房，外表柔媚翻脸却也快。生活中，张扬、不会烧饭、不愿做饭的杭州女人是很多的，她们流连的去处就是大厦、桑拿房、美容中心，若一提到要烧饭带孩子，便放下脸来，鼻子哼哼的了。因此，有的女人是好看，未必适合娶回家做老婆，她们目标是做太太，家里养不起保姆，是不成的。

为了这点追求，这些女人常常耍些小性子，甭管年纪多大，她就是“公主”。做这些姑娘的男朋友，必须得会“哄”，你得甜言又蜜语，还得时刻不忘送点礼物，围着她转，悉心呵护。日常过日子，从二十来岁处对象开始，到一把年纪，甭管五六十岁，问老公追着要生日、节日礼物，那是一年也不能落下。少则一两样金饰，多则直接打钱。处一个这样的姑娘做对象，就得准备陪着上街购物的背囊、吃喝花销的票子。往往男人在大厦里站得脚疼，女人却还选个没完。瞧，生活中，要处一个这样的姑娘做对象，不见得容易。这些女人一旦闹离婚，打起官司来，会伸出一个手指，指着老公的鼻子："老娘花开的姑娘嫁给你，替你生伢儿，老早老娘多少青春漂亮，今朝肚皮挂了一圈儿，青春损失费兜出来！否则，老娘饶不了你！""太太"做不成，成了"老娘"的女人，嫁人后就常常露出这种"泼"相来，好像如果她没嫁人，就不会老似的。这时，男人不由叹一声："好嘞，太太啊，不要嘎作了呀！""作"是这些女人的性格特点，年轻时候"嗲"，"嗲"不成，便"作"，"作天作地"，闹得家里鸡犬不宁，要是外地男人，那是相当难以理解和忍受的。

时代在发展，这种小里小气的"厢窝头""小""作"女人，迟早会遭鄙弃。杭州人是不甘落后的，杭州人心气高傲，学的是上海人、北京人，于是，杭州女人也有"作"大了的。杭州女人的"作"走出了家门，走向了世界。关于杭州女人，有两本通俗的书，一本就叫《杭州女人》，一本叫《作女》，都是杭州出生的著名女作家写的——顾艳和张抗抗。曾经听一个杭州知名人士评价一个杭州女人，这个女人跟随海船闯荡南极，报纸上登了一大版，他说道："呵呵，一个作女！"这显然是知名的杭州作女了。身边还有不少不知名的作女，一天，被一个杂志编辑邀请去听讲座，原来是他的一个亲戚，玲珑的江南美女，三十好几了，不结婚，抱着个相机，南极北极满世界跑，照片拍得堪比《世界地理》。还有些本地知名的杭州女人，写了书介绍深海潜水的、做慈善大张旗鼓的、出自名门闺阁的、大作上了北京舞台的、拍了电影的、教孩子写作的以及上了文坛走向世界的等。杭州女人"走出去"的步子很豪迈！

从“轧闹猛”到“杭州泡泡”

杭州话里有一个“轧”字，和上海方言相同。民国末年，物价漫天飞，一块金条三袋米，上海人漏夜排队“轧金子”。这是个多音字，“轧马路”中念“yà”，“轧朋友”“轧道儿”“轧姘头”“轧是非”中念“gá”。每逢“晏快边”，就是傍晚，“缺了晏饭，打过碗盏”，就是“轧马路”“荡马路”的时光。不知道为什么，杭州人将“吃”发音为“缺”，“洗”发音为“打”，不在杭州生活的中国人尤其是北方人，通常是弄不清楚杭州地方话的。按照杭州人的发音，这句话让人产生的联想，常常是“杭州人缺少吃的，家里常吵架，一吵架就得甩碗，甩过碗后心情不好，只好到马路上看看有什么可捡回家的”。但事实上，杭州人的本意是，“他们吃了丰盛的晚饭，洗过碗后，心情惬意地在马路上溜达”。中国南方对于“吃饭”的发音非常丰富，一个前同事，嫁了福建人，他们将“吃饭”叫作“gia beng”，听起来，像是嘎嘣嘎嘣咬东西！

父亲因为一个长辈对城市生活“磕着皮鞋晚饭后自在地轧马路”的阐释而报名参军，那时候，许多军人退伍后分配工作。可以说，父亲对于“轧马路”的向往，改变了我们一家三代人的命运——我们因此从穷乡山疙瘩地儿来到了老师嘴里“杭州姑娘么佬佬格美”的杭州！

生活在杭州，就常遇到各种“轧”了。邻里都是些妇女，妇女们飞短流长，轧是轧非，日常说得最多的是孩子的“轧道儿”、老公的“轧朋友”，再就是“轧姘头”。孩子长到十五六岁，这时候在交朋友上就得看紧点，不学好的孩子，三五成群，学流氓打架，惹是生非，偷盗勒索，混个工读学校的，有的是。每逢一个孩子到了应该工作的时候，还吊儿郎当，找不着正经工作，这时候父母就只好感叹一句：“道儿没轧好！”结了婚，老公不学好，跟一些赌徒酒鬼混在一起，没个出息，今天打老K赌钱，明天赢麻将喝酒，输了钱又打老婆出气，这种情况，妇女们便一把鼻涕一把眼泪地在娘家控诉：“朋友没轧好！”更别提“轧姘头”了！

所有这些“轧”里，我稍感兴趣的还是杭州人的“轧（gá）闹猛”。杭州人是热爱生活，擅长享受生活的。以前，每逢端午，杭城西郊的农民就自发组织团队赛龙舟了！这时候，翠绿绵延的桑叶地和蚕豆花地之间，并不宽阔的碧绿的河道里，锣鼓锵锵地敲起来了！五六艘龙舟，持桨的都是些精壮男青年，一样的打扮，短衫中间扎一根腰带，头上系一根头巾。随着咚咚作响的锣鼓声、看客们的吆喝声，持桨的青年们一齐将桨用力地划起来，装饰着“龙头”的漂亮的龙舟便嗖嗖地向前驶去！远远近近，式样简陋的桥上、桑田地头都是人，大家踮着脚尖、伸长了脖颈，探着脑袋看。

生活在杭州，闹元宵、看灯会，还是让人流连的。孩子出生前一个月，我身怀六甲，还是忍不住赶去城里闹元宵。夜幕降临，我望着街上的路灯，看西湖灯会的预告，抵制不住元宵灯会的诱惑，挤公交车欣然前往。少年宫外的大树间、灯杆上，扯上了丝丝彩绳，长绳上夹着写谜语的花花绿绿的纸片，人流如潮，熙熙攘攘。挤在人潮里，稀罕的就是这股热闹劲儿。一年之中，大伙儿忙工作，忙生活，可总有那么几个日子，是要叫人歇一歇、停一停的。放下手头的事儿，耍一耍，闹一闹，不然，日子该有多枯燥、多无趣呢！我在人流中随意走动，挺着坚实的肚子蹒跚漫步，满怀喜悦，我想，胎儿也一定能感受到妈妈的快乐心情！日后，孩子出生，从襁褓到蹒跚学步，多年的灯会与国庆的烟花，我都会带他来到西湖，坐在湖边草地上，看灯光如虹，看烟花灿烂。西湖灯会，自古有名，果然名不虚传，令我想到欧阳修“人约黄昏后”“花市灯如昼”和辛弃疾“宝马雕车香满路”“蛾儿雪柳黄金缕”的诗句。

有几年，杭州除了放烟花，还流行游花车，一辆辆车被打扮得五彩缤纷，俊男靓女扮饰成各种造型，蝴蝶、熊猫、卡通人物等，长长的彩车在鼓声、音乐喧阗之中，穿过长长的环城西路，我带着孩子正好经过这里，看得欢欣鼓舞。这是杭州热闹的日子！

有一天，蓦地发现，杨公堤以西的风景变了，那种与西湖截然不同的野逸清幽之美，时时招引着我。西湖，如同一个施了粉黛迎宾客于门楼的女子，盛名在外，芳华永年，游人如织，人人可得而亲之。然而，走在杨公堤以西的小径上，常常羊肠逶迤，花木扶疏，林荫遮蔽。几处场馆佳所，也隐在深幽僻静之处，寻寻觅觅，方得进入。仿佛声名杳如黄鹤的处士，你若无意探幽，便永远不得闻香知昼暖。在幽僻小径上踱步，可以一直走到茅家埠，芦苇丛生的鹅卵石河滩和暖阳写意的青草坡上，不时能看到拍婚纱照的新人，也有带着模特的服装设计师、摄影师。一个剪着五四青年头的女服装设计师，穿一身窄袖紧袄，红衣绿裤，叼着烟卷儿，指手画脚，几个英俊的青年模特在她的指点下，摆出各种造型。美景、美人配美服，真是赏心悦目。

西湖边，餐馆饮吧到处都是，悄悄隐匿于深深林木中。假日里，我也曾带着笔记本在休闲吧泡上一天。有人出过一本书叫《杭州泡泡》，写的是杭州作为休闲之都的生活，我觉得标题甚为贴切。“泡”在湖边，茶吧、咖啡馆、酒吧、文艺吧，几乎成为杭城青年庸常生活的落脚点。西湖西进之后，杨公堤以西成了市民们日常的休闲去处，莲荷暑夏，桂柿金秋，市民们躲在莲池边、花树下，饮一杯龙井，尝一口桂花酿，剥剥瓜子，聊聊闲天，这是杭州市民的生活日常。从“轧闹猛”到“杭州泡泡”，杭州市民的休闲生活在向自由、清淡发展，凑热闹、赶热闹的习性，也在悄悄发生变化。城市，是一个尊重私生活的所在。

前几年的平安夜，正好走到西湖，南山路修葺一新，树上缀满了电珠光，贴上了金箔装饰，挂上了“新年快乐”的巨大装饰！一时封湖，留下几个口子，要等到晚上七点才能进入，栅栏外都是保安，挤着如山如海的年轻人。这才知道，在杭州过新年的年轻人，如此之多！

塔山重重

去过六和塔，爬过六和塔。

六和，六合，天地东南西北，故称“六合”。这塔在钱塘江大桥的南岸，杭州狮岭之上。南方人坐着火车，呼哧呼哧，往桥那头一望，看到了六和塔，知道杭州到了，心里也就踏实了，心安了。

印象里，六和塔就在钱塘江北岸，西湖西南端。登上六和塔，极目所见，便是钱塘江南岸的天空和原野，是能游目远眺的地方。六和塔，依然保持了本身的古色，塔里面，层层叠叠的，是一寸一寸青灰色的砖。沿着石级步步向上走，塔里清冷冷、凉飕飕的，有老建筑固有的苍凉气味。

六和塔是望远的好去处，总共十三层，大约“13”在佛教里是个有意味的数字。到而今，杭州遍地都是高楼大厦，登上六和塔，所能见到的景观自然比不上动辄三十多层的景观楼所见。但在钱塘江大桥刚建成的时代，六和塔已经算是很高的建筑了，尤其在这江河相依的狮峰之巅，以至于它和钱塘江大桥一起，一度成为杭州的象征，成为各类艺术创作的主题。二十世纪七十年代的旅行包、丝绸挂幅上，经常可以看到钱塘江大桥与六和塔的身影。

我要去六和塔走一走，并非因为六和塔曾是杭州的标志性景观，而是源于人们口中的一个传说——相传，饥馑年月，六和塔塔砖被人挖掘。据说，塔砖相叠的缝隙里填塞了糯米，也就是说，为了增加塔砖之间的黏合度，六和塔的建造使用了糯米。糯米当然是有黏性的，但这样的传说也不知真假，我毕竟不曾学过建筑。只是惊讶，饥饿的年代，六和塔的根基被人挖掘，竟然是为了找吃的。可见，吃，对于一个城市的重要性。我曾一度相信这些说法，在油漆还没有大规模生产之前，乡下人用猪血当油漆。我相信，用舂过的糯米做黏合剂，也完全可能。大饥馑之年，许多城里人跑去了乡下，至少山上挖个茎块、采点野果可以充饥。今人甚至怀疑红军长征煮皮带吃了，但一想到居民撬六和塔砖缝里的糯米吃，我就相信什么稀奇的事情都可能在人类面临绝境时发生。

六和塔左近，有一个小小的博物馆，里面置放着一架编钟。编钟是战国时期的乐器，可以敲出美妙的音乐，是我觉得最清脆款沓的清音，富有遥远古老的拙朴意味。这编钟置放于六和塔下，莫非，寓意着杭州要用最古老的乐器奏响“磔磔”楚声，跳起“六合”之舞？这“六合”之舞，该如何舞，实在颇为难矣，不是一个小市民所能思考的。

此刻，作为一个普通浙江人，一个小百姓，只是希望六和塔的塔砖不要再被人挖掘，如此而已。

忽闻新造的雷峰塔完工了。雷峰夕照，曾是西湖十大盛景之一。旧时的照片上，风蚀日斫的残砖塔身，横生着一两枝小树，仿佛迟暮中沧桑静穆的老人。那座破败陂芜，伴着斜阳脉脉、湖水悠悠的破塔，竟能飞出法海与白蛇的故事。鲁迅曾为雷峰塔的倒掉而欢呼，市民们因戏剧里白蛇娘娘遭到法海的镇压而盼望它倒掉。报纸上详尽报道了它被挖掘整理的经过。对于它的建造，我只知道，邀请了著名园林建筑学家郭黛姮来设计。听登塔回来的市民说，塔里装了电梯，我便不禁恍然，雷峰塔究竟是一座古塔还是现代的塔呢？坐电梯登塔观景，我曾在上海东方明珠塔体验过。不知道，轻按电梯按钮的那一刻，我那对雷峰塔悠悠古韵的回味是否会被轻易驱走。住到城南后，我登上了塔。一座水泥钢构之塔，底座之门敞开，能让白蛇娘娘自由进出！希望这是一座自由之塔，它应该代表崭新的时代！夜晚，当我驱车经过塔下，恢宏璀璨的宝塔凝结了时代光芒闪烁的音符，一曲新的乐章正在展开，你好，新雷峰塔，希望你奏响新的白娘子传奇！

在九堡喝茶

十年前，我还在想，去九堡喝茶，未尝不是一件可能的事情。

说起喝茶，人们便要与“琴棋书画诗酒茶”联系起来，仿佛，喝茶这样的雅事，只能发生在古代品茗图中的林泉之下、清风之中。林逋似的老仙一位，茶童二三，汲泉煮茗，芳香于清幽中四溢，茶韵袅袅，不知魂魄之所归处。

于是，卢仝便唱道：“一碗喉吻润，两碗破孤闷。三碗搜枯肠，唯有文字五千卷。四碗发轻汗，平生不平事，尽向毛孔散。五碗肌骨清，六碗通仙灵。七碗吃不得也，唯觉两腋习习清风生。”细读此诗，这哪里是喝茶，分明是成仙。

九堡，商贾汇聚，走贩云集，四边街景，莽莽苍苍。摩托车、卡车来来去去，打工者、贩夫走卒、白领精英混杂其间，真有些城郊接合部生猛奔放的意味。匆匆经过九堡数次，均无坐下来的闲暇，因而，也未能觅到一处喝茶之处。只在“东街 6 号”艺术空间内，为某些活动的开展，与画家艺术家们聚集，小啜数口，喝的亦不是茶，而是舶来的咖啡。喝咖啡与喝茶，究竟是两样体验，文化根源不同，气味不同，留于舌上的滋味，自然也相去甚远。

在九堡喝茶，该是怎样的滋味呢？要在九堡这样缺乏茂密森林而人来车往的地方淡定地坐下，“僮仆”倏忽而至，端上清茶一盏，怕不是那么容易的联想。然而，细细想来，在九堡喝茶，却完全也是有可能的事。这道理，其实跟《鲁人徙越》相同。鲁人善于做鞋子，老婆善于织缟，来到越国，一看，越国人还没开化，不穿鞋子打赤脚，披着头发不戴帽，这生意怎么做呢？有人说风凉话了：“游于不用之国，必穷矣！”没想到，对于富有开拓精神的鲁人来说，这实在不算个事儿。市场是可以培养的，此地没有穿鞋的人，太好了，那就先教会人们穿鞋吧。

江干人是靠种蔬菜桑林、办乡镇企业发家致富的，骨子里透着一股野兽凶猛的蛮劲，敢闯敢干敢叫嚣。十年前，九堡没有好茶馆，这不算个事儿。但九堡已经入驻了那么多精英白领，喝茶的人一茬接着一茬往这块土地上聚集，有了那么多外来户，家乡的亲戚朋友来到九堡，除了吃饭，也总想到要喝一杯茶的。那么多生意人，卖衣服、卖袜子、卖浴缸、卖机器零部件，有各种各样的生意要谈，除了喝咖啡、吃蛋糕，也总会想到要喝茶的。所以，九堡的茶路子远着，得慢慢来，悠着性子来，它是迟早总要来的。

记得从前，九堡也是有茶馆的。白日里忙在田间地头的粗汉老头，得了一把闲的工夫，也会捏几个铜板，到茶馆里喝上一壶。搪瓷罐、大铝壶，和前面的神仙诗人自是两样的风格，但是，一壶茶，咕噜噜从喉头浇下去的感觉，应该大同小异。

而今，我们是要建国内一流的现代化中心区了，这九堡的茶馆建设与西湖边的茶馆建设就要有个起承转合的关系。湖边那一沟水，勾去了白居易、苏东坡的魂，勾去了多少文人墨客的魂。咱九堡也有魂，勾得去贩夫走卒以及外来白领那些乡里乡亲的魂。

我去九堡喝茶，是应了杭城一个有名的老汉章胜贤的邀请，章胜贤原是杭城一个大户人家的公子哥。看是不是公子哥出身，只消听他对于各种日常吃食、用品的穷讲究就知一二。章老先生是个话痨，到了他这一代，经过工人阶级的改造，临到改革开放，开过店，末了，竟因爱好摄影上了央视的采访，俨然是杭州城的摄影大家了。寻常日子，他抱个相机在杭城乱转悠，有什么拍什么。我去九堡找他，就是去他家找配图的。他家在顶层六楼，杭州房子贵，他这杭州老城居民也不得不搬到九堡这样的郊区地带。可是，杭州人爱倒腾生活的本能还是在他家体现得淋漓尽致。他在楼顶开了天窗，装了扶梯，愣是在楼顶搭出一间房来，又用玻璃和栏杆隔出了一个庭院。他挪出一张四方凳子，仔细地教我看四角的瓷片："看，一张烂凳子，四枚破瓷片，这可是老底子的收藏，我专门叫人这么给我镶嵌好，多考究的一张坐凳！"他掏出相片，一张张翻给我看，又给我说他雇一条船在运河里拍了一年的故事。我一边看着照片，一边望着竹帘落地玻璃移门外的庭院，只见缸里养着金鱼，葡萄藤盈盈举着绿叶。

数年之后，一次，去参加一家物联网企业的禅茶馆展示活动，活动参加者都是些企业高管、年轻白领。他们如何喝茶呢？席地的小空间，只有流行的灰、白二色，服务员将遥控器轻轻一按，窗帘自动合上，灯光开启，刚才还开着的通道自动闭合，形成一个沉静的雅室，颇富设计感的杯子、包装富于现代感的茶叶袋，完全是一个简易而现代的茶空间。

喝什么茶，完全是因人而异的。东部高档大厦里，有个人卖茶包，出门旅行、谈生意，随时可以享用。福建出产的茶叶，不再只是传统的大红袍、武夷岩茶之类，而是用小袋包装，叫个什么水仙茶之类的别致的名称。年轻人喜欢的是小罐茶，只一杯的量，价钱卖得不低。钱江新城豪华置业里的茶空间，装修得光芒四射、璀璨夺目，各种茶点、茶具纷繁富丽。我去喝过两次，在高高的十几层楼上，坐在落地大玻璃边上，点一盏茶，想，也是，杭城不再是老杭州了，大量的精英才俊汇聚新城，汇聚在这商业富丽、新贵云集之所在，这新城的茶，与老城的茶，毕竟是不同的了！

偶 遇

街上遇到裙裾生香的女人。

就在公交站台。她垂着一头及腰的发，站立，发质蓬松飘逸。未及看到脸，已被她吸引。周围的事物，并不纯净的空气，阴郁的天气，嘈杂的汽车鸣笛，以及七八个人，都与她截然无关。她站在那里，身体四周自动生出屏蔽隔障，把她与周围区分开来。

鹤立鸡群，遗世独立。

靠近她，感受淡淡香氛，洁净而幽雅。观察露出的手部，温润嫩滑，不沾一尘。她没有背包、手机、首饰，甚至香粉口红。她披着长可及腿的线绒风衣，黑色，款式简洁；穿一条银灰色阔腿裤，中跟黑色钝头皮鞋；皮肤白皙，手臂有细微横纹，已经不再年轻。然而，周围的人都能即刻感受到她与众不同的气场。

是的，不是风韵，是气场。世上有风韵的女子并不多，走出特殊环境，行走在庸常流俗大街，依然能让人感受气场的女人，就更稀有。

于是，悄悄挨近她身边，不经意地观察。果然虽五官普通，却令人过目不忘。生活中遇到的别具一格的女子，通常不再年轻，五官并不精巧夺目，组合在一起，细细打量，看不出特别之处，但面部笼罩神秘清朗气息，犹如云山雾罩，又如明月朗照，沁入眼眸，在心底烙下清晰印迹，仿若惊鸿一瞥，再也难以忘却。

随她上了公交。她果然径直找后排落座。微昂头部，面容沉静，眼神坚定清澈，周围空气温度都跟着下降。根据其穿着判断，日常，该出入精致豪车。十指光润皎洁，该很少接触烟火。却并不是满足食禄的简单女人。不知道拥有怎样的日常与人生。

她该是个不喜欢多话的女人。凡能说会道、巧笑倩兮、美目盼兮，都一律与美无关。沉鱼落雁、闭月羞花，说的都是安静。唯有静态的女子，才能让人感受到丰盈自足的美。一旦张嘴言辞滚滚而出，美，即刻遭到破坏。

于是，一路，只静静看，没有一句交谈。

一段杭州与丽江的美丽爱情

从石林一路绕过大理，到达丽江的时候，已是傍晚。双腿有些微微麻木。尽管有些累，我们还是雀跃不已。在一片嚷嚷声中，那个导游进入了我们的视野，是个英俊的后生，黧黑的皮肤，洞烛一般的黑亮的眼睛，山一般坚挺的鼻梁，戴着一顶黑色鸭舌帽，颜色并不怎么纯正的白 T 恤，下摆拖在外面，长长的黑裤子和黑皮鞋，显得拖沓和随意。

他开始介绍，说话的时候面朝窗外或者汽车后备厢的某个虚无的点，并不看着我们。那是一种凝结了的眼神，空空的，然而却有神采。

我们马上被他逗乐了。他幽幽的，一脸忧郁。他说："唉。"他先叹气，"见到你们杭州人真是又爱又恨！"我们莫名其妙。看来，这个导游与杭州是有某种情结的。

"2001 年，我去了杭州，看到了那个西湖。不怎么样嘛！一路又去了苏州，看了园林。也不怎么样嘛！上有天堂，下有苏杭，通通不怎么样嘛！"

这些字眼是从他稍厚的嘴唇里跳出来的，一字一字的，仿佛每个字后面都加了顿号，被后面的气流挤着涌出来。这样的语气颇具喜剧效果，我们于是哈哈大笑，不去计较话的内容。

“丽江这么好的地方却留不住你们杭州人!”语气变了，是轻柔的、温和的、哀伤的、无奈的。是的，也许是大学同学，也许是羁落在这里两三年青春的姑娘，总之，因为某个机缘，结识了眼前这个帅气的导游。这可是段浪漫的姻缘。丽江的小伙和杭州婀娜的少女，坚毅勇敢的雪山一般的灵魄与淡妆浓抹总相宜的水的灵魂融合到一起，怎么看都是一个美丽故事。然而，就像韩寒在《私奔》里唱的一样：“美丽故事的开始，悲剧就在倒计时，一如既往地飞驰，不想停下的……”杭州的女孩多是小家碧玉，是舍不得离开这滋养她们的“人间天堂”。“人间天堂”里有她们喜爱的花花衣饰、珍馐美肴。她们是吹着西湖的杨柳风，喝着西湖的水长大的。她们是软塌塌的一肩薄袖、一袭春衫、一盒藕色的脂粉，怎么禁受得了雪山终年的高寒和铿锵的劲风呢?女孩自然是要回去的，丽江的山水再美丽也终究留不住她的心。这些岂是硬朗如山的纳西小伙所能参透的，即使不想停下又能如何呢?只能徒然埋怨女子的薄幸与无情了。

古城门口有一壁浮雕。除了鼻祖木老爷的雕像，还有许许多多的小雕像。其中，有一个妇女，身体前倾，背着一个箩筐，箩筐里立着一个男孩。导游立住了，瞪着眼睛告诉我们，那个男孩是一个象征，象征着妇女的老公。丽江的女人是要照顾男人的，她们要安排好生活中的方方面面，而男人，主要的生活内容则是琴棋书画，传承东巴文化。导游以自己作比方，说他新婚一年的老婆有一百三十斤重。我们不禁讶然。这是我们这些杭州女人难以接受和想象的。的确，在去虎跳峡的途中，一路看到在山地里劳作的都是妇女。

汕头大学的教授王富仁来杭州做讲座，他说爱情就是文化，谈恋爱就是谈文化。这是极有道理的。做生意的男人很多娶学财会的女人，因为他们通常坐下来开口的第一句话就是：“你会理财吗？”那么，当导游的爱情慢慢要沉淀到生活中去的时候，他一定会问身边的杭州女孩：“你会给我烧饭洗衣服带孩子吗？”这是丽江的文化。而杭州的女孩一问三摇头：“不会，不会，不会，我们家的饭都是老爸烧的，衣也是老爸洗的。”“那么你妈干什么？”“逛街、泡茶室、上美容院。”

于是，美丽故事的开始，悲剧就在倒计时了！

我的西湖记忆

童年，过白堤，摇船去湖心亭，在三潭印月边，父亲热情而骄傲地说："这就是三潭印月!"三潭印月，那年月经常被绣在手帕和旅行袋上，是杭州西湖的标志。大白天，水面浮动着粼粼白光，投下葫芦状石坛镂空的阴影。我和母亲就在三潭印月留下了照片，我看到黑白草地上脸蛋儿鼓胖的自己。

1990年，我回杭州念了师范学院。与室友游西湖，已记不清怎样来到湖心亭的了。六个叽叽喳喳的女孩，只我沉默些。在三潭印月边，我们留下合影。我剪了个童花头，套一件黑底花点T恤，微微蹙着眉心。身边来自临安的女孩，梳一个扫把辫，满脸微笑，闪亮着两只大眼睛。身后的女孩，一个是我的下铺，身材窈窕，家有三姐妹，最令我羡慕，常常可以换不同的衣服。另一个，来自塘栖，梳两条漆黑长辫，每天早起，就看到她端坐于床，拿一把长梳，仔细地梳头发。另两个，相貌平常，一个身材娇小，守着初恋伴侣，常自言"丑女多福"；还有一个，来自诸暨，身材高大，面皮黑亮，语气坚硬，像个男孩。

班里成立了来兮文学社，社友们学了民国湖畔诗社的做派，偶尔也去湖边聚会。还记得汪静之的小诗，有"我纵跳，我长啸"的句子，写的是在西湖边一群二十多岁的文学青年游览湖山的光景。这写的可不就是我们吗？“来兮”两字由班上的才子拟定，招兵买马，我做了编辑和美编。我们资金不足，缺设备，凭借对于文学的一腔热情，接到投稿，再长的文章，也得一个字一个字刻在蜡纸上，配上插画，油印出来。

一次，社友们去苏堤踩秋，西湖水域茫茫，远处青山霭霭，层林尽染，春夏懒怠而骚动的湖水，此刻显得沉静而寥索了。堤上的垂柳稍稍泛黄，大伙儿沿着边缘参差的泥径散步，交流一些寻常的话题。我们在柳树下合影，站在中间的才子穿一件米黄色夹克，后来留校成了年轻的教授。同室的女生，长得高大，穿一件自织的毛线衫，垂两条长辫，是我学习编织的启蒙师友，日后她在省级平台上做过教学讲座。另一个女生剪个娃娃头，来自桐乡，永远带着浅浅的微笑，当年她以文学大赛第一名的特长被招进学院。一个身材苗条、面容姣好的女生，喜欢写诗，多愁善感，气质高雅，似乎与才子发生着爱情，日后她成了师范学院的副教授。那时的我削着短发，穿一件褐色的棉衬衫，一脸孩子气，相貌纯朴。在毕业二十多年的光阴里，在自然习惯的驱遣中，我一直持续着各种各样的文字写作，就像还活在当年“来兮”社的光阴里。

大学记忆中，难忘的是社员们在冰天雪地中攀爬葛岭和宝石山的情景。那一年，杭城下了好大的雪，植物园一带积雪厚达膝盖。同学间传诵着高年级某位诗人夜半上阳台等候日出的美闻，同学提议，去爬宝石山，引来几声响应。于是，冰雪严寒中，同学们就上山了。弯弯曲曲的山道石径上，少有人来，石阶上、枝叶上，漫山遍野，满是皑皑的白雪，一两株冬青树，仍冒着油油绿意。我们互相追逐，抛掷雪球，就像笑傲江湖的侠客，在风雪中唱响青春的豪迈之歌，刺骨的风从脸上滑过，可心中充盈着暖与热。

游西湖，也曾有遇着风险的时候。一次秋游，班里组织去西湖划船。我和几个女生、老班长坐在一条船上。那天风和日丽，少有风云。大约过了一个小时，我们的船划到了阮公墩附近，突然，西湖中的一艘木头大龙舟直冲冲朝我们驶来，速度很快，躲避已经来不及了，女生们躲向船后，发出尖叫。大约在千岛湖长大的缘故，我虽然不会游泳，但懂得船行水面借着浮力的道理。我冷静地站了起来，手中握好一支桨，叫老班长也拿好桨。等到大游船冲过来，我们一齐将桨狠狠地支着船帮，使出吃奶的力气，将这笨重的船支撑开。果然，我们的小船很快换了方向，从游船身边漂荡开去了！一场惊险被化解了，我们将船划到岸边，为了防止再发生意外，老班长一直拉着纤绳，从平湖秋月一直拉到六公园。

临近毕业，大家就要离开杭州了，相约去西湖拍照留念。经过城市的熏染，室友们一个个变得花枝招展，我则穿了一件白色短袖上衣和黑底大花裤子，揣着相机，成了她们的摄影师。校园、植物园、孤山、西泠印社、断桥、白堤，正是六月夏日，湖水里红莲灼灼，青山环绕，秀波荡漾，我们一路留下青春的倩影。一位同学写下毕业赠言，引用了苏轼的《定风波》："莫听穿林打叶声，何妨吟啸且徐行。竹杖芒鞋轻胜马，谁怕？一蓑烟雨任平生。"这潇洒淋漓的人生姿态，常令我即刻遥想起当年在宝石山雪地里奔跑的情景。

檐下，雨未歇

黑夜里，独自醒来。窗外的雨滴滴答答，从空中坠落屋脚，滴——答——笃，滴——答——笃。

数年了，从未断绝，不再能断绝。

人到中年，半夜里被雨水的声音惊醒，这种遭际，许多人都应该体验过吧？荒凉感，无边地滋生起来，像墨水在宣纸上逐渐漫洇。夜里睡不着，可以坐起来，靠着，想一想，什么时候才能天亮。可以想一想，那些同样在生命里遭遇雨水的人；可以想一想，雨总有一天会停歇。

不能停歇的雨，飘在中年的骨头缝里，那是怎样的滋味呢？

我漫不经心地翻着书卷，心中苔意泛染。我想弄明白，该以怎样的方式度过这中年的雨雾。不再能够看到太阳了，黑漆漆的野径上，只身一个人，寂静地走，没有声响。

不能发出声响。

乌云卷着雷声，不时在屋檐上空滚过。黑夜里，不知道小草有无终止它生命的蔓延。我想，应该是有的。蔷薇花凋落了吗？我想，应该也是有的。那么，明天清晨，撑着伞出门的时候，一瞥眼，又见满地的落红了。

落红满地，满地呀，东一朵，西一朵，在暗夜里，簌簌而落，无声又无息。

想起人生的少年时光，那时候，雨点落下来，头上，总会有一把伞撑过来。昏黄的灯光下，他坐在餐桌边，心情不好，喝着酒。我告诉他每天放学这么晚的原因：天气不好，总是下雨。第二天，他给我准备了一把很大的雨伞，说："有时候难免会遇到雨天，这把伞交给你，不要丢弃。"

可是，伞总是会破的。他总会老去，垂垂老矣，就像风中的棉絮。人到中年，我能回想起那夜喝着闷酒的他，我才理解，那时的他，也需要一把伞，只是，没有人再能送。而我，黑夜里听着数年从未断绝的雨声，希望有一把伞能轻轻落在头上，就像少年时候，感受慈爱与温暖。可是，同样，没有人再能送。

这场倾盆大雨，就像上古的洪涝灾害，我站在汪洋之中，却看不到挪亚方舟。

我只能站在雨中想象自己是一个匠人，劈下竹子，剖出伞骨，制作伞柄，蒙上雨布。我在本子上，绘制伞的结构，一遍又一遍。虽然，不能再看到太阳，天总是阴晴不定，虽然，独自走在这条漆黑的无边小径。有太多虽然，对于一个理想主义者来说——我也要给自己做一把像样的伞，默默地撑着它。

有时候，我想，即使看不到太阳，又有什么关系呢？

那些生长在山洞里的鱼，身体透明，没有肉色，那些在黑洞里翩跹的蝙蝠，闭着眼睛也能飞翔。又有什么关系，它们都活着，成了适应黑夜的生命体。

夜色，沉沉的黑，无边无际。雨，倾盆地下，漫无天际。

这，又有什么关系呢？

好在，依然能看到生活在太阳下的人。他们忙碌，天真，他们听到的雨声，和我听到的雨声，多少是有些不同了。有时候，我和他们招手，有时候，我们也会有交集。可是，我的雨声，只有雨夜小径上的人能听到。

我在道路上寻找同道的人，他们的脸呈现出夜的颜色，他们说着同样的语言。可是，可惜，我们却不能有任何交集。

黑夜的路，必然是孤独的路。孤独，对于黑夜来说是最好的存在。

黑夜里遭遇暴雨的人，其实也不少。许多人遭遇暴雨，并不知道黑夜的雨有着特殊意味。他们庸庸碌碌，一切听天由命。

黑夜里，有时候，希望听到鸟叫，或者梦游者吹哨子的声音。好在，有远处火车的隆隆声陪伴。我知道，在那些隆隆声中，有在黑夜里沉睡的旅人。我撑着这把尚未成型的伞，站在铁轨边，望向那些透出灯光的窗户。在那稍纵即逝的瞬间，我想，还好，这隆隆的声音足以抵挡黑夜里的一切，也许终于能够盼到一辆列车，将我运载到能看到太阳的地方。

黑夜的雨径上，我停了下来。我不想在黑夜的路上走远，不经意地走到这条路上，收获从未体验过的战栗，就让我停下来，站在铁轨边，看看那些快速移动的人群，看看那些向着光明行走的人群吧！

我收起了伞，这是一把竹质骨柄的伞，我还没来得及把布蒙上。我希望登上一列火车，去往一个看日出的地方。

那个地方，诗人们咏叹了千百年。

那个地方，是让人载欣载奔的地方。

那个地方，就叫心中的，乐土。